Josef Toth

...

Geschöpfe der Unterwelt

...

Szenen einer deutschen Jugend

ISBN 9783753472911
Herstellung und Verlag:
BoD - Books on Demand, Norderstedt

„...Spruch des Herrn- und doch gewann ich Jakob lieb, Esau aber hasste ich...“

Makl 1,2.3

Ein Ariadnefaden

Die Unterwelt ist bevölkert mit Teufeln und gemarterten Seelen. Die beiden sind oft schwer auseinanderzuhalten.

*

Der Kerngehalt der Lehre von der göttlichen Vorherbestimmung ist der, dass Gott bereits vor aller Zeit beschlossen hat, Jakob zu lieben und Essau zu hassen. Über die Gründe seines Entschlusses sind wir im Unklaren. Allein die Folgen sehen wir.

*

Dante beschreibt Neun Kreise der Hölle. Die meisten davon sind in der Nähe von Duisburg und Stuttgart zu finden.

*

Das Leben spielt mit uns wie eine Katze mit der Maus. Mal geht es uns an den Kragen, und wir glauben, es gäbe keinen Ausweg mehr. Aber dann, im letzten Augenblick, kommt unerwartet Rettung. Und wir hüpfen ein paar Sätze weiter, froh, davongekommen zu sein. Bis uns plötzlich die eherne Klaue des Schicksal wieder am Schwanz packt.

Dieses Spiel geht solange wie das Fatum seinen Spaß mit uns hat oder wir seine Liebenswürdigkeiten auszuhalten vermögen.

*

Vier Sätze, aus denen Tor und Weiser das gleiche lesen: Der Mensch ist des Menschen Wolf. Die Hölle, das sind die anderen. Liebe deinen Nächsten wie dich selbst. Unrecht leiden ist besser als Unrecht tun.

Der Chronist

Ich bin ohne Vater aufgewachsen. Den Mangel an einem Idol, einem Gott in Fleisch und Blut, an dessen Tun und Rede ich mein eigenes Selbst hätte ausrichten können, habe ich stets schmerzlich empfunden. Später im Leben habe ich mich deswegen immer größeren Ideen angetragen, die den fehlenden Vater ersetzen, meine ängstliche Seele führen, meinen krummen Charakter gerade richten sollten. Aber weil ich ein wildwüchsiges und ungestümes Lebewesen bin, das nicht Gutes von Bösem, und Recht von Unrecht zu scheiden vermag, taugten auch die großen Ideen nichts für mich und ebenso wenig ich für sie.

Unter den Religiösen war ich ein Sünder. Unter den Sündern ein Moralist. Unter den Moralisten galt ich als dekadent. Unter den Dekadenten als Spießer. Unter den Spießern als leidenschaftlich. Und den Leidenschaftlichen war ich immer ein wenig zu reserviert.

Wenn nichts und niemand einen will und braucht und dulden mag, d.h. wenn da nichts ist, an das man sich klammern kann, so sinkt man allmählich zum Bodensatz der Menschheit ab. Das ist die eigentliche Unterwelt, das Urbild aller Abgründe.

Aber anstatt Einsamkeit und Verzweiflung findet der Verworfene auf dem Grunde aller Flaschen stets eine laute und fröhliche Gesellschaft vor. Da sind noch viele andere Unerwünschte und Kastenlose. Sehr viele sogar. Legion, wenn man so will. Die Unterwelt ist belebt. Und auch voller strahlender Vorbilder und weiser Lehrer. Die süße Jesbel sitzt auf dem

Fenstersims und schwingt ihre schönen Beinchen, Lots brave Töchter tanzen Haut an Haut mit gewissen Herren von auswärts, Kain vergärt sein Gottesopfer zu Hochprozentigem und Judas gibt dem grinsenden Kellner ein lächerlich großzügiges Trinkgeld. Eine bunte Gesellschaft von Verlieren und Verlorenen feiert dort unten alle Tage und Nächte. Und weil sie eigentlich keinen Anlass haben zu feiern, die Verworfenen, feiern sie einfach sich selbst. Was bleibt ihnen auch anderes übrig?

Und ich, der ich zu Religion und Moral nichts tauge, ich lebe aus Mangel an Möglichkeiten eben mitten unter ihnen. Halb Chronist ihrer Schicksale, halb Teilhaber. Halb Auge, halb Hand.

Lucia

Am Ende der Straße gegenüber dem Friedhof lag das kleinste Haus des Dorfes. Ein rostiger Maschendrahtzaun umgab seinen kleinen Garten. Und vor dem kleinen Haus in einer kleinen Einfahrt parkte ein kleiner Fiat 500.

Dieses Haus war das Heim einer italienischen Gastarbeiterfamilie. Der Vater arbeitete am Fließband. Am Wochenende schraubte er an seinem Fiat herum oder werkelte am Haus. Deutsch sprach er leidlich. Doch zog er es vor, zu schweigen, wann immer er konnte. Dabei war er nicht unfreundlich. Einfach ein stiller, arbeitsamer Mann aus dem Süden. Die Mutter stand den ganzen Tag in der Küche und besorgte den Haushalt. Sie hatte sich geweigert, die Sprache des Landes zu lernen. Wenn sie im Dorfsupermarkt einkaufen ging, gab es kein Hallo und kein Dankeschön. Sie nickte nur ab und an. Aber ohne zu lächeln. Und immer wirkte sie gehetzt, wenn sie mit gesenktem Haupt durch das Dorf eilte. So als laufe sie vor etwas davon. Wie ein aufgescheuchter Vogel. Meist trug sie ein schönes, schwarzes Kopftuch und einen gestrickten Überwurf, den sie über der Brust zusammenhielt. Sie war sehr schlank. Die Wangen eingefallen. Die großen, braunen Augen wanderten stets unruhig umher. So als hielten sie Ausschau nach Gefahren.

Man nannte sie einfach die Margot. Das war vermutlich die Verdeutschung eines weit hübscheren italienischen Namens. Ihr Mann hieß John von Giovanni. Allein die Tochter wurde bei ihrem richtigen Namen gerufen: Lucia, ausgesprochen Luhtschia.

*

Lucia gab mir meinen ersten Kuss.

Sie war ein wildes Mädchen mit absurd dicken, schwarzen Locken. Die ihr bis zum Steiß gingen. Einmal versuchte ich, ihr durch das Haar zu fahren. Aber meine Hand blieb stecken. Obwohl Lucia in Deutschland geboren war, hatte sie einen leichten italienischen Akzent. Das kam daher, dass man sich bei ihr zuhause nur der Sprache ihrer Heimat jenseits der Alpen bediente.

Abgesehen von den ein, zwei Wochen unserer Liebe, in welche mein erster Kuss fiel, und ihrem gefährlich dichten Haar habe ich kam noch Erinnerungen an sie. Dabei gingen wir bis Ende der Grundschule in die gleiche Klasse.

Die Sache mit dem Kuss geschah wohl zu Beginn der zweiten Klasse. Wir müssen also acht oder so gewesen sein. Lucia und ich gingen manchmal gemeinsam nach hause. Unsere Häuser lagen in der gleichen Straße. Lucia war es, die den Vorschlag gemacht hatte. Er kam ganz plötzlich wie aus dem Nichts.

„Willst du mich mal auf den Mund küssen?"

Abenteuerlustig wie ich damals schon war, stimmte ich natürlich sofort zu.

Es war ein sehr unspektakulärer Kuss. Wir pressten unsere Lippen eine Minute oder so aufeinander. Und das war auch schon alles. Denn mehr wusste auch sie nicht.

Daraufhin freundeten wir uns ein bisschen an. Wir waren ja jetzt gewissermaßen Geliebte. Auf jeden Fall nannte Lucia mich jetzt ihren Geliebten. Das war sehr schön, fand ich. Schöner als die öden Gespräche und die langweilige

Küsserei, die wir täglich wiederholten. Irgendwann lud sie mich zu sich nach hause ein.

„Willst du ich mal besuchen, Geliebter?"

Ich war neugierig, das geheimnisvolle kleine Haus gegenüber dem Friedhof einmal von innen zu sehen zu bekommen. Also ging ich freudig mit.

*

Das kleine Haus am Ende der Straße gegenüber dem Waldfriedhof war sehr sauber. Und sehr spartanisch eingerichtet. So wirkte es von innen gar nicht mehr so klein. Obwohl es tatsächlich winzig war. Das Erdgeschoss bestand aus einer Küche, einer Garderobe unter der Stiege und einem winzigen Schlafzimmer, das komplett vom elterlichen Doppelbett ausgefüllt wurde. Über die Stiege gelangte man in das ausgebaute Dachgeschoss. Es war mit dunkelbraunen Fichtenbrettern vertäfelt. Nur in der Mitte konnte eine ausgewachsene Person aufrecht stehen. Aber für Kinder war dieser Raum ideal. Ich würde ihn bald zu sehen bekommen. Die Toilette war noch wie in alten Zeiten hinter dem Haus. In einem baufälligen Schuppen wurde ein riesiger Waschzuber zur samstäglichen Reinigung von Mensch und Kleidung aufbewahrt.

Lucia stellte mich zuerst ihrer Mutter vor. Die beiden sprachen Italienisch miteinander. Es klang ein wenig so, als würden sie streiten. Ich wurde ein bisschen nervös. Aber dann war alles wieder gut. Margot musterte mich nur etwas argwöhnisch, bevor sie sich wieder ihren Töpfen zuwandte. Lucia und ich setzten uns an den Küchentisch.

„Lass uns malen," schlug sie vor.

Also malten mir. Und zeigten uns unsere Werke.

„Das ist aber schön," meinte sie zu einem meiner Bildchen. „Schenkst du mir das?"

„Ja. Schenkst du mir eins zurück?"

„Such aus," sagte sie. Sie breitete vier oder fünf Blätter vor mir aus. Ich kann mich nicht mehr genau an die einzelnen Motive erinnern. Nur noch an den überwältigenden Eindruck der Farben. Lucia bevorzugte Rot und Pink. Sie konnte sehr ebenmäßige Herzen malen, was ich außerordentlich beeindrucken fand.

Plötzlich hörte ich ein grässliches Heulen von oben. Es war sehr laut und klang weder nach Tier, noch nach Mensch. Lucias Mutter beantwortete den Ruf mit einem sehr lauten und schnellen Gegenruf. Dann murmelte sie etwas vor sich hin.

„Was war das?" fragte ich.

„Meine Schwester."

„Ich wusste nicht, dass du eine Schwester hast," sagte ich.

„Doch, doch," meinte Lucia. „Willst du sie sehen? Sie ist oben."

Und schon hatte mich Lucia am Ärmel gepackt. Wir gingen die knarrende Stiege hoch. Sie war sehr eng und die Stufen fühlten sich weich an. Da saß Lucias Schwester. Sie saß auf einem Plastikstuhl vor einem Plastiktisch und malte mit Wachsmalstiften große Kreise und Striche auf ein Stück Papier. Ein dicker Speichelfaden hing ihr vom Mund. Sie trug einen violetten Pullover und eine graue Jogginghose. Ihre dicken, schwarzen Haare waren ganz kurz geschoren. Ich schätze, sie war irgendwo zwischen fünfzehn und dreißig. Es war schwer zu sagen. Vor allem für mich.

Als sie uns sah, begann sie in ein schreckliches Geheul auszubrechen. Mir liefen kalte Schauer über den Rücken.

„Das ist Maria," sagte Lucia unbeeindruckt.

Ich hatte große Angst.

„Sie ist geistig behindert," sagte Lucia.

„Ah."

„Aber sie tut nichts."

Sie ging zu ihrer Schwester und streichelte sie wie ein Hündchen. Maria protestierte plötzlich und warf den Oberkörper wild hin und her. Da schlug Lucia sie auf den Rücken und schrie sie auf Italienisch an. Und dann hörte ich die Mutter unten schreien. Und nun begann auch Maria zu schreien. Ihr Speichel flog durch die Luft.

Ich wich ein paar Schritte in Richtung Stiege zurück. Bereit, beim kleinsten Anzeichen einer Eskalation, mein Heil in der Flucht zu suchen.

Doch Lucia verpasste ihrer Schwester nur noch eine heftige Kopfnuss, worauf diese wimmernd die Hände über dem Kopf zusammenschlug. Dann gingen wir wieder nach unten. Hier schrien sich Lucia und ihre Mutter eine Weile an. Dann zog mich Lucia nach draußen.

*

„Lass uns zur Hexenschlucht gehen," schlug sie vor.

Die Hexenschlucht war eine kleine, aber tiefe Schlucht. Alle Kinder kannte sie. Sie lag nur wenige Minuten hinter dem Waldfriedhof.

Wir nahmen die Abkürzung über den

Friedhof, schlüpften durch ein Loch am rückseitigen Zaun, stapften durch das Unterholz und gelangten bald auf den Weg, der zur Schlucht führte. Die ganze Zeit hielt Lucia meine Hand. Davon und von dem Zusammentreffen mit ihrer Schwester war ich sehr aufgeregt.

Dann stiegen wir die Schlucht über einen kleinen, gewundenen Pfad hinab. Es war ein unheimlicher Ort. Die Felsenwände waren mit Moos und Farnen überwachsen. Dazwischen waren etliche Höhleneingänge zu sehen. In denen hausten natürlich allerlei Unholde und Monster. Vor allem die alte Wessel fürchteten wir. Das war die Hexe, die angeblich in dieser Schlucht gelebt hatte und irgendwann im Mittelalter verbrannt worden war. Angeblich! Denn es ging das Gerücht, dass sie dem Feuertod irgendwie entkommen sei und noch immer in dieser Schlucht hause. In einer der Höhlen. Diese Geschichte war keineswegs nur unter uns Kindern verbreitet. Viele von den Alten im Dorf schworen Stein und Bein, die Hexe selbst bei nächtlichen Spaziergängen gesehen zu haben. Und sie machten sie verantwortlich für manchen Selbstmord und manche Fehlgeburt.

Das gute war, dass Wessel nur in der Nacht herauskam. Am Tag war man sicher von ihr und konnte ungestört in der Schlucht spielen. Eine beliebte Mutprobe bestand darin, nach Einbruch der Dunkelheit hinabzusteigen. Nur die Tapfersten wagten sich bis ganz nach unten. Und auch sie hielten es dort nur wenige Minuten aus.

Wir setzten uns auf einen flachen Stein. Wir saßen so eng, dass sich unsere Beine berührten. Und dann küssten wir uns wieder ein wenig. Das heißt, wir schlossen die Augen und pressten die

Lippen aufeinander bis uns langweilig wurde.

„War deine Schwester eigentlich schon immer so?" fragte ich.

„Oh nein. Sie war ganz normal. Und sie hat Geige gespielt. Das ist ein schweres Instrument. Aber sie war sehr gut. Und sie übte sehr viel. Sie spielte sogar in einem Orchester."

„Was ist denn ein Orchester?"

„Das ist wie die Kapellen beim Schützenfest nur mit mehr Leuten und anderen Instrumenten."

„Ah."

„Aber das ist lange her. Bevor ich geboren war. Mein Papa hat´s mir mal erzählt."

„Und wie ist sie so geworden?"

„Also, Maria war so gut auf der Violine, dass sie auf eine spezielle Musikantenschule sollte. Das ist eine Schule, wo man nichts anderes macht, als nur Instrumente zu üben. Aber Sänger gibt's auch. Aber keine Tänzerinnen, die gehen auf die Ballettschule. Und das ist seltsam, weil sie ja immer zu Musik tanzen. Aber dann kann man es auch wieder verstehen, weil sie ja kein Instrument spielen und auch nicht singen," erklärte Lucia.

„Ja," stimmte ich zu und nickte. Das alles schien mir sehr einleuchtend.

„Auf jeden Fall fuhr mein Vater mit Maria zu der Musikantenschule. Denn nur die besten Musikanten dürfen auf die Schule gehen. Also müssen sie eine Probe machen. Und die besteht darin, dass sie ganz schwere Lieder spielen müssen. Und die Lehrer hören ihnen zu. Und nur, wenn man alles ganz richtig spielt, wird man genommen. Und das ist sehr, sehr schwer," erklärte Lucia.

„Oh."

„Maria übte also furchtbar viel. Viele Wochen. Und dann kaufte mein Vater ihr ein hübsches schwarzes Kleid und sie fuhren in die Stadt zur Musikantenschule. Und Maria spielte auf ihrer Violine vor den Lehrern. Und auch Papa war da. Und er sagte: Die Lehrer wären sprachlos gewesen, so gut habe sie gespielt. Und dass er selbst noch nie etwas Schöneres gehört hätte. Aber plötzlich, noch während sie spielte, ließ sie die Violine fallen und fiel dann selbst um. Und dann brachte man sie in ein Krankenhaus. Sie lag in einem Koma. Für ein Jahr so. Koma ist, wenn du schläfst und nicht aufwachst, auch wenn dich einer zu wecken versucht."

„Das weiß ich," warf ich ein. Denn ich wusste wirklich, was ein Koma war. Meine Großmutter hatte es mir einmal erklärt. Ich hatte den Ausdruck wohl im Fernsehen aufgeschnappt und sie danach gefragt.

„Nach einem Jahr wachte sie also wieder auf. Aber seither war sie geistig behindert," schloss Lucia.

„Ah."

„Papa hat die Violine verbrannt," fügte Lucia hinzu.

„Hm."

Und dann küssten wir uns wieder.

„Ich will mal deinen Pimmel sehen," sagte Lucia.

Ich zog meine Hose herunter und packte meinen Pimmel aus. Lucia sah ihn mit einer Mischung aus Staunen und Ekel an.

„Darf ich ihn mal anfassen?" fragte sie.

„Nein," sagte ich.

„Willst du mal meine Scheide sehen?" fragte sie.

„Ja."

Sie zog ihre Jeans und ihr pinkes Höschen herunter. Ich betrachtete die sonderbare Wölbung mit dem Strich darauf, der mich an einen lippenlosen Mund erinnerte. Wie seltsam, dass sie keinen Pimmel hatte.

„Pieselst du daraus?" fragte ich.

„Ja. Soll ich´s dir zeigen?"

„Ja."

Sie ging in die Hocke und pieselte etwas.

„Ha."

Dann zog sie ihre Hose wieder hoch und wir gingen zurück. Wir beeilten uns. Denn die Sonne stand schon tief und die Schatten wurden länger und länger. Wir wollten ja nicht, dass uns die alte Wessel kriegte.

Onkel Willi

Onkel Willi, eigentlich Großonkel Willi, besuchte meine Großmutter einmal in der Woche. Ich glaube es war Mittwoch Vormittag. In illo temporis wohnte ich bei meiner Großmutter und darum habe ich sehr lebhafte Erinnerungen an ihren Bruder.

Er kam stets in Jägertracht. Mit Lederhosen, kniehohen Strümpfen, einer grünen Joppe, einem Hut mit Federbusch und einer Weste mit Münzen als Knöpfen, an denen ich fasziniert spielte, wenn ich auf seinem Schoß saß. Immer hatte er eine Zigarre im Mund und roch nach Schnaps.

Polternd betrat Willi die Küche.

„Na, Elfriede,“ rief er. Seine Stimme war durchdringend und sehr laut.

„Willi, was gibt's?“ erwiderte seine Schwester den Gruß. Dann setzte er sich breitbeinig an den Küchentisch.

„Komm,“ sagte er zu mir und klopfte auf seine Schenkel. Seinen Geruch empfand ich zwar abstoßend, doch die Münzenknöpfe an seiner Weste und die Aussicht auf ein Fünfzigpfennigstück lockten mich immer wieder auf seinen Schoß. Ein Fünfzigpfennigstück reichte in der Bäckerei um die Ecke für fünf Zuckermäuse oder einen halben Amerikaner oder eine Kugel Schokoeis.

„Rauch doch nicht so vor dem Kind,“ protestierte Oma manchmal, wenn Willi an seiner feuchten Zigarre sog.

„Ah“, meinte er abfällig grinsend. „Das hält der schon aus, der Stöpsel.“

Meine Großmutter bewirtete ihn mit Schinkenbrot und selbstgebranntem Schnaps.

Dann redeten sie ein wenig. Dorfklatsch meist. Wer wen geheiratet hatte, wer gestorben war, wer welches Haus ver- oder gekauft hatte. Und so weiter.

Einmal, nachdem Willi gegangen war, meinte meine Großmutter, sie müssen ihrem Bruder immer die Würmer aus der Nase ziehen. Ich kann mich so genau daran erinnern, weil mich die Vorstellung, jemandem Würmer aus der Nase zu ziehen, tagelang beschäftigte. Als Willi uns in der folgenden Woche wieder einen Besuch abstattete, starrte ich die ganze Zeit von unten auf seine behaarten Nasenlöcher.

„Was ist denn, Stöpsel?" fragte er mich.

„Hast du Würmer in der Nase, Onkel Willi?"

Er begriff erst nicht. Dann aber lachte er schallend los und sein Speichel traf mich im Gesicht.

*

Willi hasste seine Frau Tekla. Er hasste sie zutiefst. Meiner Großmutter gegenüber sprach er immer schlecht über sie. Weil sie ihm keine Kinder geboren hatte. Und wegen einer Geschichte mit einem Franzosen als er an der Front stand und fürs Vaterland gegen den Russen kämpfte. Auf jeden Fall tyrannisierte er Tekla ganz furchtbar und das war im ganzen Dorf bekannt. Meine Großmutter musste ab und an intervenieren, wenn er es mit seinen Gemeinheiten wieder einmal zu weit trieb und Tekla verzweifelt bei uns anrief. Als er noch jünger gewesen war, lange vor meiner Geburt, hatte er sie auch geschlagen. Einmal sogar so schlimm, dass sie beinahe gestorben wäre. Seither aber hatte er sie nicht mehr angerührt.

Tekla habe ich nur ein paar mal gesehen. Auf irgendwelchen Familienzusammenkünften, Beerdigungen zumeist. Sie war dicklich und sah immer ein wenig traurig aus. Ihre Wangen waren knallrot wie angemalt.

*

Willis Besuche hörten irgendwann auf. Er hatte einen Schlaganfall erlitten.

„Was ist ein Schlaganfall?" fragte ich Oma.

„Das ist, wenn einer sei ganzes Leben gesoffen hat und ein Bösewicht ist und der Herrgott ihn zur Strafe schlägt, dass er sein Lebtag wie ein hilfloses Kind wird."

Ich dachte über diese Erklärung nach, konnte mir aber keinen Reim darauf machen, wie das aussah, wenn Gott einen schlägt.

Wie dem auch war, nun war es an meiner Großmutter und mir, Willi zu besuchen. Wir gingen einmal die Woche. Sein Haus lag zehn Minuten zu Fuß in einer Gasse, die steil abfiel und die wir im Winter gelegentlich als Schlittenbahn missbrauchten.

Willi saß im Rollstuhl am Küchentisch. Er hatte stark Gewicht verloren. Speichel lief aus seinem Mund. Und er redete sehr undeutlich. Wenn man ihn nicht gleich verstand, wurde er böse und schrie. Aber dann verstand man ihn noch weniger. Ich versteckte mich hinter meiner Großmutter. Die schimpfte ihn wegen seinem Benehmen aus.

„Reiß dich zusammen, Willi!" sagte sie. „Im Krieg hast du noch ganz anderes ausgehalten. Das ist kein Mann, der sich so aufführt."

Und da hatte meine Großmutter gewiss recht. Denn sie hatte mir einmal erzählt, dass Willi im Krieg lebendig begraben und nur durch Zufall gerettet worden war. Nach fast zwei Tagen. Das klang bei weitem schlimmer als im Rollstuhl zu sitzen. Kein Grund also, sich so zu benehmen.

Aber Willi riss sich nicht zusammen. Er wurde von Woche zu Woche unausstehlicher. Und so stellten wir unsere Besuche irgendwann ein. Nur Tekla rief von Zeit zu Zeit noch an. Sie schluchzte am Telefon. Und meine Großmutter schüttelte den Kopf und sagte: „So führt man sich nicht auf. Das ist kein Mann."

*

Willi beendete sein Leben von eigener Hand. Und er tat es auf eine so spektakuläre Weise, dass es für Wochen Gesprächsthema Nummer Eins im Dorf war. Noch heute erinnern sich die Älteren mit einer Mischung aus Entzücken und Grauen daran.

Tekla nutzte den Zustand ihres Mannes, um einige Veränderungen im Haus vorzunehmen, die der Tyrann ihr vordem strikt untersagt hatte. Diese Verschönerungen waren ihre einzige Freude und der dürftige Lohn für lange Jahre voller Entbehrungen. Es waren zumeist kleine Dinge. Doch der Tyrann gönnte ihr auch das nicht. Sie kaufte ein neues Teeservice. Willi fegte mit seiner guten Hand die Kanne vom Tisch. Sie stellte einen Blumenstrauß ans Fenster. Willi stieß die Vase um. Endlich kaufte sie ein kleines Kristallpferd und platzierte es außerhalb seiner Reichweite ganz oben auf einem Regal. Weil Willi das Figürchen nicht erreichen konnte, riss er schließlich ganze Regal um, wobei er sich selbst verletzte.

Endlich ließ Tekla das Wohnzimmer frisch tapezieren und kaufte ein neues Sofa. Ich kann mich an das delikate Blumenmuster der Tapete und den grünlich schimmernden Plüschbezug des Sofas noch lebhaft erinnern. Willi war außer sich darüber. Er weigerte sich fortan das Wohnzimmer zu betreten und schalt und beleidigte Tekla in einem fort. Aber was konnte er in seinem Zustand dagegen tun? Tekla hatte am Ende gewonnen. Außerdem war er auf seine Frau angewiesen. Sie musste ihn füttern, ihn saubermachen, ihm auf die Toilette und ins Bett helfen. Es muss ihn wahnsinnig gemacht haben, plötzlich so hilflos zu sein. Und der Frau ausgeliefert, die er hasste. Was er an Leben übrig hatte, fand zwischen Toilette, Schlafzimmer und Küche statt. Vor allem seine geliebten Wälder fehlten ihm. Denn Willi war ein passionierter Jäger gewesen, der ganze Tage in der Natur verbringen konnte.

Irgendwann hielt er es nicht mehr aus. Er verlangte nach seinem Gewehr. Als Tekla ihn entsetzt fragte warum, beschimpfte er sie.

„Soll´s denn verrosten, du dumme Ganz, du?" lallte er.

Sie brachte ihm die Flinte. Ungeladen versteht sich. Und Willi machte sich daran, sie mit seiner guten Hand einzuölen, wie es noch ging. Er tat fortan jeden Tag. Und er wurde ganz ruhig dabei. Ein Segen war das für seine arme Frau.

Eines Tages verließ Tekla das Haus, um zur Apotheke zu gehen. Irgendwie war es Willi gelungen, ein paar Schuss Munition aufzutreiben. Es war ein großes Mysterium, wie er in seinem

Zustand daran kommen konnte. Bis heute machen verschiedene Theorien die Runde. Böse Zungen behaupten sogar, Tekla hätte ihm die Kugeln in die Tasche geschmuggelt. Auf jeden Fall rollte Willi ins Wohnzimmer, platzierte sich mit dem Rücken zum neuen Sofa, steckte den Lauf in den Mund und drückte ab. Sein Gehirn spritzte über Sofa und Tapete. Die Schweinerei war spektakulär, das neue Wohnzimmer ruiniert. Als Tekla nach hause kam, fiel sie in Ohnmacht. Dann rief sie den Notdienst. Man brachte sie ins Krankenhaus.

So endete das Leben meines Großonkels Wilhelm mit einem letzten Racheakt an seiner armen Frau. Mag sein, dass ich ihn in der Unterwelt wiedersehe. Rauchend, trinkend, schimpfend. An den Gestaden des Styx. Ob er dem Fährmann, der den Kahn steuert, auch ein Fünfzigpfennigstück in die Hand gedrückt hat?

Roderich

Ich war in der dritten Klasse, als Roderich eingeschult wurde. Sein sonderbares Erscheinungsbild hat sich mir tief eingeprägt. Obwohl er zwei Klassen unter mir war, überragte er uns andere. Er hatte nur einen dünnen Flaum blonder Locken durch den die weißliche Kopfhaut zu sehen war. Roderichs Haut war überhaupt ganz weiß. Wie Milch. Oder Schnee. Seine Augen waren ein wässriges Blau. Seine schmalen Lippen blutleer. Sein Kopf war langgezogen und wirkte irgendwie deformiert. Wie ein in der Mitte eingedrücktes Ei. Seine Gliedmaßen waren außerordentlich dünn und disproportioniert. Die Arme waren zu lang, die Schultern zu schmal, der Bauch vorgewölbt, die Brust eingefallen usw. Nichts passte zusammen. Es war, als hätte ein grausamer Gott die Reste in seiner Menschenmanufaktur zusammengekehrt und zu diesem Wesen zusammengesetzt.

*

Der erste Eindruck, den Roderich in uns erweckte, war ein überwältigendes Gefühl von Ekel. Wir waren Kinder und noch tief in einem primitiv-animalischen Ethos verwurzelt. Ein Ethos, der vorschreibt, Gesundes zu lieben und Krankes zu hassen. Man hatte uns noch nicht genug von den Früchten zivilisatorischer Moral zu kosten gegeben. Und daher verstanden wir auch noch nicht, alle Menschen unbesehen ihrer Eigenarten gleich und von ganzem Herzen zu lieben.

Natürlich stieß uns auch Roderichs Name

sofort auf. Komisch klang der in unseren Ohren. Roderich… Was war das? Wir hießen Thomas und Alex und Markus und Steffen und Jan und was nicht alles. Aber Roderich hieß niemand. Der Name klang so falsch wie die Person, die er bezeichnete, aussah. Irgendwie brachte mein Kinderhirn Roderichs Namen mit der Figur des wilden Friederichs aus dem Struwwelpeter in Verbindung. Der Roderich, der Roderich, das war ein arger Wüterich. Aber auch das passte nicht. Roderich war nämlich das Gegenteil eines argen Wüterichs. Er war das geborene Opfer, passiv und wehrlos.

Ich muss Roderichs Eltern an dieser Stelle übrigens in Schutz nehmen. Wie ich später erfuhr, hatten sie ihr Kind nicht aus Boshaftigkeit so genannt. Vielmehr lag ihr Sohn nach einer schweren Geburt im Sterben. Und weil man glaubte, das Kind werde den nächsten Tag nicht erleben, nottaufte man ihn auf den Name des Großvaters väterlicherseits, um jenem damit eine Freude zu machen. Aber Roderich lebte. Und der Name lebte mit ihm. Und Roderich lebte mit dem Namen.

*

Am Tag seiner Einschulung war der Schulhof mit Eltern und Erstklässlern gefüllt. Die ersteren hatten Fotoapparate, die letzteren riesenhafte Schultüten. Obwohl es ein chaotisches Gewühl war, stach Roderich aus der Menge heraus. Weil er, wie gesagt, größer war als die anderen Erstklässler. Und weil seine Eltern nicht da waren. Und weil er eine kurze gelbe Latzhose mit hellblauen Nadelstreifen trug, aus denen seine dürren weißen Beinchen herausschauten. Unbeweglich stand er da mitten im Gewühl. Und betrachtete mit seinen wässrigen Augen den Tumult.

Dann verteilten sich die Erstklässler. Folgten ihren Lehrern in die Klassenräume. Der Schulhof leerte sich allmählich. Auch die Eltern fuhren nach hause. Allein Roderich blieb zurück. Bis eine Lehrerin ihn ansprach.

„Und wer bist du?"

„Roderich."

„Ist das dein Nachname?"

Roderich schüttelte den Kopf.

„Und in welche Klasse gehst du?"

„In die erste."

Stirnrunzelnd prüfte die Lehrerin ihre Liste.

„Roderich, Roderich… Hier bist du ja. Warum bist du denn nicht mit der 1c gegangen?"

Roderich sah sie ausdruckslos an.

„Also komm," sagte die Lehrerin unwillig. Selbst sie schien sich ein bisschen vor ihm zu ekeln.

*

Wir mochten Roderich nicht. Aber wir quälten ihn auch nicht. Noch nicht. Er war zu fremdartig und abstoßend. Eine Aura von Krankheit und Verfall umgab ihn. Das hielt uns fern. Kinder meiden instinktiv, was ihnen schaden kann. Sie sind selbst noch dem Tod zu nahe. Ihre Leiber sind fragil, ihre Gesundheit brüchig. In ihren Zellen steckt eine Urangst, die sie argwöhnisch macht.

Wir sahen Roderich nur in den Pausen. Er stand in einer Ecke des Schulhofs. Den Ranzen auf dem Rücken. Er aß nie irgendetwas. Vielleicht hatte er keinen Hunger. Vielleicht hatten ihm auch seine Eltern nichts mitgegeben. Manchmal tat er mir leid, wie er da so stand und mit seinen wässrigen Augen in eine Welt hinaussah, die so gar nichts mit ihm zu schaffen haben wollte. Aber ich brachte es auch nicht über mich, zu ihm zu gehen, um Hallo zu sagen. Er war mir einfach zu widerwärtig. Und ich fürchtete den Spott meiner Kameraden. Ich wollte mich nicht mit dem Ruch der Krankheit verunreinigen. Also hielt ich mich fern. Und beobachtete Roderich.

Es gab natürlich nicht viel zu beobachten. Immer stand er am gleichen Platz. Mit dem Ranzen auf dem Rücken. Wie bestellt und nicht abgeholt. Wenn die Sonne schien, glänzte der blonde Flaum auf seinem Kopf. Und ich dachte an das Märchenwort: Haare wie Gold. Prinzessinnen hatten Haare wie Gold. Das sollte schön sein. Roderich aber war hässlich. Das gleißende Blond des Flaums stach sich mit dem madigen Weiß der Kopfhaut.

*

Obwohl wir Größeren uns ihm gegenüber anfangs zurückhielten, entkam Roderich doch nicht den obligatorischen Schulhofhänseleien. Es waren seine Klassenkameraden, die ihn irgendwann zu beleidigen und verspotten begannen. Wie gehässige Zwerge tanzten sie um den bleichen Riesen. Sie gaben ihm einen neuen Namen. Sie nannten ihn Stinkerich.

Das kam daher, dass Roderich tatsächlich stank. Aus dem Mund. Nach Fäulnis. Der stinkt aus dem Mund, wie die Kuh aus dem Arsch. Aber da war noch ein anderer Gestank. Schwer lokalisierbar. Er umgab ihn tatsächlich wie eine diffuse Aura. Es war eine Mischung aus Puder und Exkrement. Der pervertierte Geruch eines Babys.

Weil die Kleinen es uns vormachten, wagten auch wir uns endlich heran. Und lachten Roderich aus.

„Der stinkt ja wirklich!"

„Und wie!"

„Als hätt er sich vollgeschissen."

Und dann sprang einer von uns vor und klopfte Roderich auf den Hintern.

„Der hat ja ne Windel an," jauchzte er.

Der arme Roderich stand nur da und senkte den Kopf vor lauter Scham.

Nun sprangen auch andere hervor. Und berührten Roderichs Hinterteil, um sich zu vergewissern.

„Ne, Windel. Ne, volle Windel!"

„Hosenscheißer!"

Einer ging sogar so weit, Roderichs Latzhose am Bein hochzuziehen. Und tatsächlich wurde die weiße Plastikhüllen einer Windel sichtbar.

„Iiih, der hat sich die Windel vollgeschissen," schrien wir nun wie von Sinnen.

„Stinkerich."

„Hosenscheißer."

Und wir umtanzten Roderich wie die Teufel in der Hölle die Seelen armer Sünder. Nur, welcher Sünde hatte sich Roderich schuldig gemacht? Ich tanzte und schrie mit den anderen. War nicht besser als sie. Und doch spürte ich währenddessen deutlich in meinem Herzen, das ich eine große Gemeinheit beging. Roderich tat mir leid. Vor allem, weil die Aufsicht habenden Lehrer lange nicht einschritten. Sie standen zusammen auf der anderen Seite des Schulhofs und beobachteten uns. Wenn wir uns unter einander kappelten, waren sie immer schnell zur Stelle. Aber Roderich ließen sie im Stich. Mein Vertrauen in die Autoritäten wurde zutiefst erschüttert und hat sich seither nicht wesentlich erholt.

Die Pausenglocke erlöste Roderich von uns. Er hatte seine Tortur mit eingezogenem Kopf schweigend ertragen.

*

Einige Tage später überwand ich mich, zu ihm zu gehen. Mein Gewissen plagte mich zu sehr. Am Ende war ich wohl doch bereits mehr Mensch und kein Tier mehr. Ich fand eine weiche Stelle in meinem Herzen.

Roderich stand nun während der Pause immer in der Nähe der Lehrer. So nah, dass sie eingreifen mussten, wenn wir uns wieder über ihn hermachen wollten.

Ich ging über den Hof zu ihm und sagte „Hallo.“

Er sah mich schüchtern mit seinen wässrigen Augen an. Ich roch Puder, aber kein Exkrement. Er war mir mehr denn je widerwärtig. Doch ich wollte zu Ende bringen, was ich angefangen hatte.

„Ich wollte das voriges mal nicht. Entschuldige.“

Er sagte nichts. Aber er lächelte schüchtern wie ein Mädchen.

„Ich heiße Steve und gehe in die 3b,“ sagte

ich.

Roderich schwieg.

„Kannst du nicht sprechen?"

„Doch." Seine Stimme war so dünn wie seine Gliedmaßen. Ein Stimmchen nur.

„Wie alt bist du eigentlich?"

„Neun."

„Und warum gehst du in die erste?"

Er zuckte die knochigen Schultern.

„Und wo wohnst du?"

Er gab mir seine auswendiggelernte Adresse. Natürlich konnte ich damit nichts anfangen. Ich orientierte mich an bestimmten Orten. Der Bäckerei, der katholischen Kirche, der evangelischen Kirche, dem Spielplatz im Neubaugebiet, genannt Graben, dem Spielplatz mit dem Karussell, genannt Loch usw. Straßennahmen und Hausnummern sagten mir wenig.

„Wo ist das denn?" fragte ich.

Aber Roderich blieb mir eine Erklärung schuldig.

„Kann ich dich mal besuchen?" fragte ich.

„Ja, schon," meinte Roderich.

„Morgen?"

Er nickte und lächelte mich jetzt voll an. Seine Zähne standen sehr schief. Manche waren mit braunen und schwarzen Punkten überzogen. Er stank aus dem Mund.

Wie nicht anders zu erwarten war, wurde ich in der nächsten Pause zum Ziel verschiedener Gehässigkeiten. Ich hielt stand, beleidigte zurück. Es kam zu einer kleinen Prügelei, bei der nichts außer dem Stolz meines Kontrahenten verletzt wurde. Denn bevor die Lehrer eingreifen konnten, traf ich ihn glücklich am Solar Plexus. Keuchend und mit Tränen in den Augen brach er zusammen. Ich triumphierte. Dann wurde ich von einer Lehrerin ausgeschimpft und musste die folgende Stunde in der Ecke sitzen.

*

Roderich wohnte im Erdgeschoss eines Zweifamilienhauses. Hinter dem Haus gab es Apfelbäume und ein ummauertes Gemüsebeet. Roderich empfing mich an der Türe.

„Hallo," sagte er.

„Hallo."

„Komm mal mit zur Mama."

Ich folgte ihm in die Küche. Dort, zwischen Töpfen und Pfannen, fanden wir sie. Roderichs Mutter war sehr dick. Sie hatte langes, graues Haar und rötlich-weiße Haut. Und sie trug einen Arbeitskittel mit Blümchenmuster, ähnlich dem, den meine Oma hatte.

„Na," sagte sie. „Wer bist du denn?"

„Steven."

„Schtieven?"

„Jo."

„So, magst du denn eine Limo?" fragte sie.

„Jo."

„Gelb oder weiß?" fragte sie. Bei uns im Dorf gab es keine Orangen- oder Zitronenlimo. Das hieß einfach „gelb" oder „weiß".

„Gelb, bitte."

Roderich und ich setzten uns auf eine altertümliche Eckbank mit roten Polstern. Roderichs Mutter setzte uns zwei Gläser mit prickelnder Orangenlimo vor. Wir tranken schweigend, während Roderichs Mutter uns lächelnd ansah.

„So, und jetzt wollt ihr ein wenig spielen gehen?"

„Jo," sagte ich, denn ich nahm an, dass die Frage an mich gerichtet war.

„Roterich" – sie sprach das „d" als „t" aus – „geh doch mit dem Schtieven auf dein Zimmer und zeig ihm deine Spielsachen."

Roderich glitt von der Bank und wieder folgte ich ihm. Er roch sehr unangenehm. Aber nach einer Weile gewöhnte ich mich daran.

Was Spielzeug angeht, war er bestens aufgestellt. Er hatte praktisch alles von Playmobil. Das voll ausgestattete Piratenschiff mit eingeschlossen. Es kreuzte vor einer monströs erweiterten Ritterburg, mit Türmen, Schenke, Schmiede, Ställen und was nicht alles. An die hundert Figuren tummelten sich dort.

„Das gehört alles dir?" fragte ich mit großen Augen.

Roderich nickte. „Ich hab noch mehr."

„Zeig."

Roderich öffnete eine Truhe.

„Hier ist Western." Ich starrte auf ein Chaos aus Cowboys, Indianern, Soldaten, Pferden, Wägen, Tippis, Gewehren und Pistolen.

„Oh," staunte ich.

Roderich lächelte. Er schloss die Box und öffnete eine andere, die die komplette Raumfahrtserie enthielt.

„Das ist besser als im Spielzeugladen," sagte ich. „Hast du noch andere Sachen? Lego vielleicht?"

Nein, Lego besaß er nicht. Nur noch ein paar Stofftiere, mit denen er schlief. Er stellte sie mir vor, was mir ein wenig peinlich war. Ich erinnere mich nur noch an den Hund und die Robbe. Der

Hund hieß Wauwau und die Robbe Robbi.

Wir spielten ein bisschen ein Playmobil. Das heißt, ich spielte. Roderich kniete nur dabei und beobachtete, was ich tat. Am Anfang störte mich das. Aber dann kam ich immer tiefer ins Spielen und bald vergaß ich seine wässrigen Augen. Es war phantastisch. Und wenn Roderich nicht Roderich gewesen wäre, hätte ich ihn wirklich um diesen Schatz an Playmobil beneidet. Ich selbst hatte nur ein paar Indianer und Soldaten. Die meisten mit schlaffen Armen.

Erst als die Ritter den Sieg über die Piraten davongetragen hatten, fiel mir wieder ein, wo ich war.

„Wolltest du nicht mitspielen?" fragte ich.

Roderich sah mich etwas verwundert an.

„Ich hab doch."

Ich ließ es darauf beruhen.

„Sag mal, warum bist du eigentlich so komisch?" fragte ich rundheraus.

„Wie?"

„Na, du gehst in die erste, aber du bist doch viel älter."

„Dass ist, weil ich krank war," sagte Roderich. Und ich glaubte so etwas wie Scham zu hören.

„So, was hattest du denn?"

„Na, Krebs."

Krebs kannte ich. Krebs war das, woran immer alle starben. Vor allem, wenn sie älter wurden. Auch meine Oma hatte einmal Krebs gehabt. Das war vor meiner Geburt gewesen. Um den Krebs loszuwerden, hatte man ihr die Brüste abgenommen. Sie trug daher spezielle Büstenhalter, damit es so aussah, als hätte sie noch Brüste. Anstatt Brustwarzen hatte sie

Narben. Aus irgendeinem Grund stellte ich mir damals vor, dass beim Krebs tatsächlich ein Krustentier sich im Körper einnistet und dort wütet. Und man musste die betroffene Stelle eben herausschneiden oder man starb daran.

Ich sah Roderich genau an. Ihm schienen keine Körperteile zu fehlen.

„Wo hast du denn Krebs gehabt?" fragte ich argwöhnisch.

„Im Blut."

„Ha! Das glaub ich nicht! Ohne Blut kann keiner leben. Oder hast du anderes Blut bekommen?"

Roderich sah mich verwirrt an.

„Na," erläuterte ich, „wenn du Krebs im Blut hast, muss man das Blut ja auslassen."

„Nein," meinte Roderich. „man bekommt Medizin ins Blut."

„Mit einer Spritze?"

„Ja."

„In den Po?"

„Nein in den Arm," sagte Roderich. „So lang ist sie." Er spreizte Daumen und Zeigefinger auf.

„Uiii," rief ich entsetzt aus. „Das tut doch weh."

Roderich streckte die Hühnerbrust ein wenig heraus.

„Ja, schon. Aber ich bin es gewohnt."

Später rief uns die Mutter zum Abendbrot. Ich bekam Stullen mit Wurst und mehr Limo. Diesmal weiße. Roderich aß einen Brei, der ganz leicht nach Salz roch.

„Wegen seinem Magen," sagte Roderichs Mutter, die meinen Blick bemerkt hatte. Dann setzte sie sich zu uns an den Küchentisch.

„Und, habt ihr schön gespielt?"

„Jo," sagte ich.

Auch Roderich nickte. Und er lächelte ein wenig. Ganz selig lächelte er.

*

Armer Roderich. Armer Steve. Keine gute Tat bleibt unbestraft. Die nächsten Tage und Wochen suchte mich Roderich auf dem Pausenhof heim. Er begrüßte mich lächelnd. Und wich dann nicht von meiner Seite. Das war mir mehr als peinlich. Ich lief fort von ihm, spielte mit den anderen, tat so, als sähe ich ihn gar nicht. Aber überallhin folgte er mir. Und seine wässrigen Augen klebten an mir. Meinen Kameraden entging das natürlich nicht. Sie fanden das äußerst amüsant. Nun wurde auch ich zur Zielscheibe ihres Spotts. Ich wehrte mich, wie ich konnte. Forderte die Rädelsführer zum Zweikampf heraus. Ein paarmal ging das einigermaßen glimpflich aus. Aber ich konnte mich auf die Dauer ja nicht jede Pause prügeln.

Man stieß mich aus dem Kreis meiner Freunde aus. Darüber wurde ich sehr traurig. Ich bekam sogar so etwas wie eine Depression. Hatte Alpträume. Die Welt war aus den Fugen geraten.

„Hör mal," sagte ich zu Roderich, „wir können keine Freunde mehr sein. Du musst mich alleine lassen, ja?"

Am nächsten Tag brachte mir Roderich eine Playmobilfigur. Es war ein voll ausgerüsteter Ritter.

„Für dich," sagte er.

„Danke!"

Ich war ehrlich gerührt. Diese Figur war wie ein kleiner Schatz für mich. Ich ahnte, dass mich

Roderich bestechen wollte. Aber Kinder sind bestechlich. Hoffnungslose Materialisten. Und grenzenlos naiv. Wer uns gibt, dem geben wir uns. Hinter jeder offenen Hand ahnen wir die liebende Mutter. Jeder Argwohn und Vorbehalt kann mit einem kleinen Geschenk, einer winzigen Gabe in den Wind geblasen werden. Wie eine Maus gehen wir so in die Falle, wenn der böse Onkel uns mit einem Schokoriegel in sein Auto lockt.

Und so ging auch ich in Roderichs Falle. Ich hielt die Schulhofscherereien aus. Besuchte ihn auch manchen Nachmittag. Und hier und da erhielt ich für meine Liebe kleine Geschenke. Ein Gewehr, ein Pferdchen, eine Fahne, eine Figur. Der weiße Astronaut im Raumanzug war das Prunkstück meiner Sammlung. Ich habe ihn noch immer. Er steht auf meinem Schreibtisch und lächelt mich an. War er die Bezahlung für eine blutige Lippe oder war die Lippe die Bezahlung für ihn?

*

Natürlich gewöhnte ich mich an die kleinen Geschenke. Entwickelte eine Erwartungshaltung. Sagte sogar, was ich als nächstes gerne hätte. Und Roderich lieferte pünktlich.

Trotzdem nahm meine Zuneigung zu ihm ab. Dass ich mich auf dem Schulhof ständig verteidigen musste, half ebenso wenig wie die Tatsache, dass ich meine Freunde vermisste. Ich verkam mehr und mehr zur Persona non grata. Ganz aus war es aber, als ich das Interesse an Playmobil verlor. Zum Geburtstag hatte ich einen riesigen Sack Lego von einem Cousin geerbt und dazu die Polizeistation von meiner Oma bekommen. Playmobil interessierte mich nun nicht mehr. Ich fand die Figuren sogar peinlich. Ihr ewiges Lächeln stieß mir auf. Wie konnte man als Indianer nur lächeln, während die berittene US Army das Lager überfällt und alle massakriert? Frauen und Kinder natürlich mit eingeschlossen. Außerdem redete ich mir ein, dass die Figuren nach Roderich rochen.

„Du musst mir nichts mehr geben," sagte ich.

Roderich schien nicht zu begreifen. Mit schlaff herunterhängenden Armen stand er vor mir und stierte mich an. Sein Lächeln war eingefroren wie das seiner Playmobilfiguren. Der alte Ekel vor ihm überkam mich. Und meine verhaltene Freundschaft schlug in blanken Hass um.

„Lass mich in Frieden," sagte ich.

Er sagte immer noch nichts, sondern stand einfach da und betrachtete mich.

Da stieß ich ihn vor die Brust. Ich stieß nicht fest. Eigentlich stupste ich ihn nur an. Doch Roderich fiel sofort um. Der Länge nach wie ein Baum. Ein Bäumchen. Und schon bildete sich ein Kreis um uns.

„Schlägerei! Schlägerei!" wurde gerufen.

Aber ich hatte keinerlei Intention mich mit Roderich zu prügeln. Ich wollte nur, dass er mich in Ruhe ließ.

„Los, verpass ihm noch eins," feuerte mich einer meiner Kameraden an.

„Na," meinte ich.

„Schwächling!" entgegnete er mir. Und dann trat er selbst nach Roderich. Er traf ihn am Arm. Roderich zuckte zusammen und gab einen kläglichen Laut von sich. Wie wenn ein kleiner Hund winselt. Jetzt sprang einer von den Kleinen hervor, ein Klassenkamerad Roderichs mit feuerrotem Haar. Er schlug ihn zweimal auf den Kopf, dann trat er ihn in den Hintern.

„Iiih, ich hab die Windel durchgefühlt," rief er.

„Iiih," wurde ihm von allen Seiten geantwortet.

Die Tortur Roderichs dauerte nur wenige Augenblicke. Aber mir und zweifellos auch ihm kam es vor wie eine Ewigkeit. Er wurde beschimpft, bespuckt, geschlagen, getreten und am schütteren Haar gezogen. Und ja, auch ich verpasste ihm einen Tritt, wobei ich mich jedoch bemühte, nicht zu fest zu treten. Es wurde von mir erwartet. Die Augen meiner Freunde waren auf mich gerichtet. Sie hielten Gericht. Ich musste eine Entscheidung treffen, ein Bekenntnis abgeben. Wem wollte ich angehören, ihnen, den Geschöpfen des Lichts, den Normalen, den Angenehmen, oder Stinkerich, einer erbärmlichen Kreatur aus dem Abgrund.

Nach einer endlosen Minute oder so vertrieben uns zwei Lehrerinnen. Dann halfen sie Roderich auf. Er blutete von der Lippe. Das Rot schrie auf seiner weißen Haut. Er weinte lautlos. Als man ihn vom Hof führte, hielt er den Kopf tief zwischen den Schultern. Er sah auf seine Füße. So als schämte er sich.

Wofür Roderich sich schämen mochte, weiß ich nicht. Vielleicht für seine Krankheit? Vielleicht war er sich selbst widerwärtig? Ich wusste es nicht. Doch ich wusste, wofür ich mich schämte. Für mich. Mein Gewissen machte mir wieder zu schaffen. Einige Tage lang. Doch dann wurde es besser. Meine wiedergewonnen Freunde halfen mir über die Leiche im Keller hinweg.

*

Fortan sprach ich kein Wort mehr mit ihm. Niemand tat das. Nur seine Klassenkameraden, diese kleinen Teufel, warfen ihm ab und an noch einen Spottnamen an den Kopf. Im nächsten Schuljahr sahen wir ihn nur sporadisch. Er trug einen Hut aus Jeansstoff. Manchmal knabberte er in der Pause an einer Banane, wenn er einsam und verloren in seinem Winkel in der Nähe der Lehrer stand. Er hatte es aufgegeben, sich mit seinen wässrigen Augen umzusehen. Stattdessen stierte er nur vor sich hin. Das war ein trauriger Anblick. Und er versetzte mir oft einen Stich ins Herz. Manchmal, wenn wir über ihn zu lästern begannen, nahm ich ihn ein wenig in Schutz. Und man sah es mir nach.

Irgendwann verschwand Roderich ganz. Niemand vermisste ihn und ich war insgeheim sogar froh, ihn nicht mehr sehen zu müssen. Ein Splitter war aus meinem Gewissen gezogen worden.

Es dauerte lange, bis irgendjemand zufällig von ihm zu sprechen anfing.

„Was ist eigentlich mit dem Hosenscheißer?"

Es war Markus, der eine Antwort hatte. Er wohnte in der gleichen Straße wie Roderich. Die Neuigkeit musste irgendwann bis zu seinen Eltern vorgedrungen sein, die ihn dann wieder gefragt hatten: „Kennst du einen Roderich? Ging der bei euch zur Schule?"

„Den hat der Krebs geholt," meinte Markus trocken.

„Ist er tot?" fragte ich.

„Schon."

Ich dachte darüber nach. Der Tod war noch etwas sehr Abstraktes für mich. Ich hatte noch keine Erfahrung mit ihm, außer wenn meine Oma meinte, jemand sei gestorben. Tod war, wenn man einen nicht mehr wiedersehen würde. Ansonsten bedeutete er nichts. Ich würde Roderich nicht mehr wiedersehen. Er lag jetzt auf dem Waldfriedhof in einem Loch, das der grüne Gemeindebagger ausgehoben hatte. Ich konnte mir Roderich nicht tot vorstellen. In meiner Erinnerung blieb er immer der anämische Junge mit den wässrigen Augen und der milchweißen Haut.

Ich fragte mich, was seine Mutter wohl mit all dem Playmobil machen würde? Ich dachte an die vielen Dinge, die er mir geschenkt hatte, die Ritter und Soldaten und Piraten und Pferde und Gewehre und eine mit Nuggets gefüllte Kiste und was nicht alles sonst. Und dann wurde mir plötzlich schlecht und ich musste mich übergeben.

Man schickte mich nach hause. Meine Oma war erschreckt, weil ich so blass war. Sie steckte mich ins Bett. Gegen Abend stand ich auf. Ich aß mit großem Hunger und meine Oma machte mir einen Vanillepudding mit Haut, wie ich es gerne hatte. So gestärkt sammelte ich Roderichs Geschenke und verstaute sie in einer Kiste, die ich eigens dafür freigeräumt hatte. Und diese Kiste versteckte ich in meinem Kleiderschrank. Und tatsächlich vergaß ich irgendwann, dass sie da war.

*

Ich fand sie erst über ein Jahr später wieder. Der Krebs war zu meiner Oma zurückgekehrt und ich musste zu meiner Mutter übersiedeln. Sie lebte in der Stadt. Der Umzug fiel mir nicht weiter schwer, weil ich ohnehin mit der Schule fertig war. Nur um meine Oma tat es mir leid. Ich war die ersten Jahre meines Lebens bei ihr aufgewachsen und liebte sie sehr. Oma starb wenige Wochen nach dem ich ausgezogen war. Der Krebs hatte sie geholt. Auch sie würde ich nun nicht mehr wiedersehen.

Ich kam an eine neue Schule. Meine Klassenkameraden kannten einander bereits, weil sie zusammen auf die gleiche Grundschule gegangen waren. Nun war ich der Außenseiter. Und aus irgendeinem Grund, den ich nicht nachvollziehen konnte, hatten es die anderen sofort auf mich abgesehen. Bereits am ersten Tag bezog ich deftige Prügel. Und von da an ging es mit mir bergab. Mein erstes Jahr an der neuen Schule war die reinste Hölle. Ich heulte mich jeden Abend in den Schlaf. Es war schrecklich. Ich hatte sogar Selbstmordgedanken. Meine Tortur begann bereits am Morgen im Bus, wo ich beschimpft und gerempelt wurde. Manchmal so übel, dass der Busfahrer eingreifen musste. Und dann ging es den ganzen Tag so weiter. Ich war wie Orest oder Io, verfolgt von Plagegeistern, die mir keine Ruhe ließen. Es war kein Spaß. Und nirgendwo fand ich Hilfe. Meine Mutter war berufstätig und kam erst am Nachmittag nach hause. Und dann war sie zu gestresst und ausgelaugt, um sich noch meine Probleme kümmern zu können.

Erst viele Jahre später ist mir die Ironie

aufgefallen, die diesen Abschnitt meines Lebens überformte. Was Roderich erleiden musste, ereignete sich nun an mir. Karma könnte man sagen. Oder Vorherbestimmung.

Kai

Mit Kai verbinde ich schier endlose Reihe bizarrer Vorfälle und Abenteuer. Teils amüsant, sehr amüsant sogar, teils tragisch.

Der Krebs hatte meine Oma geholt und ich wohnte nun bei meiner Mutter in der Stadt. An meiner neuen Schule lernte ich irgendwann ein Gruppe kennen, die allgemein verschmäht wurde. Es waren arme und wilde Kids, die zum großen Teil aus einer Hochhaussiedlung am Stadtrand kamen. Ich schloss mich ihnen an und sie akzeptierten mich in ihren Reihen. Wir trafen uns fast jedes Wochenende im Schatten der Hochhäuser.

Ich weiß nicht genau, wie Kai in unsere Gruppe kam. Denn er ging auf eine andere Schule. Eine ziemlich runtergekommene Hauptschule. Aber plötzlich war er da. Mitten unter uns. So als wäre er schon immer da gewesen. Stark wie ein Ochse und ebenso langsam im Hirn. Doch stet im Denken und Tun. Mit breitem Kinn und einer sonderbaren Art, große und unpassende Gesten zu machen, wenn es ihm an Worten fehlte. Was häufig vorkam. Sein Blick hatte stets einen leicht fragenden Ausdruck, so als versuchte er sich einen Reim darauf zu machen, was gerade um ihn herum geschah.

Am Anfang machten wir uns noch über ihn lustig. Über seinen langsamen Verstand. Über sein hilfloses Gestikulieren. Seinen verwunderten Blick. Doch er trug den Spott mit stoischem Gleichmut. Suchte uns immer wieder auf, wenn wir uns auf den Spielplätzen vor den Hochhäusern trafen. Um gottweißwie unsere Wochenenden und freien Nachmittage zu verbringen. Und so gewöhnten wir uns allmählich an ihn.

Wir alle waren damals zwischen fünfzehn und achtzehn Jahren alt. Eine gute Zeit im Leben eines Mannes. Der erste Rausch, die erste Kippe, das erste Mal Sex, der erste Ärger mit dem Gesetz. Wir fühlten uns frei und stark. Und wussten doch nichts mit uns anzufangen. Waren uns oft selbst zu viel. Geschweige denn der Nachbarschaft, die wir mit unseren Streichen tyrannisierten.

Und Kai war immer mit von der Partie. Gehörte bald zum harten Kern der Truppe. Er war loyal und mutig und konnte die Klappe halten, wenn es darauf ankam. Und er machte nie einen Rückzieher, wenn wir um die Häuser zogen und allerlei Unsinn anstellten, wie Kellerabteile aufzubrechen, Briefkästen zu demolieren oder Drogeriemärkte um ihren Zigarettenvorrat zu erleichtern.

*

In all den Jahren, wie wir uns kannten, sah ich Kai nur dreimal weinen. Und das im Zeitraum von wenigen Monaten.

Das erste Mal als er aus einem Ferienlager in Frankreich zurückkam. Er hatte dort ein Mädchen kennengelernt. Stolz zeigte er uns Bilder. Wir konnten es nicht glauben. Unser Simplicissimus hatte das Herz und Höschen einer echten Schönheit erobert. Sie war sechzehn. Ein Jahr älter als er. Und sie hatte schulterlanges braunes Haar und ein niedliches Gesicht. Wir zogen gar nicht erst in Betracht, dass Kai uns einen Bären aufbinden wollte. Dazu war er nicht in der Lage.

Die Lüge lag seinem einfachen Charakter mindestens ebenso fern wie die abstrakten Sphären höherer Mathematik.

Kai erzählte uns, wie es beim Lagerfeuer und Mondschein dazu gekommen war. Obwohl er es sehr trocken erzählte, war es doch romantisch. Und erotisch.

„Das hast du gut gemacht," sagte ich, obwohl ich endlos neidisch war. Ich konnte es mir nicht leisten, in ein Ferienlager zu fahren, wo es hübsche, saubere und willige Mädchen gab, die sich vor lauter Lagerfeuer und Mondschein sogar mit einem Herrn Kai einließen! Meine Ma war alleinerziehend mit einem Halbtagsjob als Schreibkraft. Wir lebten praktisch von der Hand in den Mund. Kais Eltern arbeiteten dagegen beide Vollzeit und verdienten scheinbar auch gar nicht so schlecht.

Kai und seine Freundin hielten noch eine Zeit lang telefonisch Kontakt. Sie führten eine „Fernbeziehung." Sahen sich sogar noch ein-, zweimal. Er fuhr mit dem Zug zu ihr ans andere Ende der Republik. Das Geld dafür stahl er seiner Mutter aus dem Portmonee. Wofür er später ein paar Ohrfeigen kassierte, wie er uns grinsend erzählte. Über einige Küsse kam Kai aber nicht mehr hinaus. Seine Freundin begann ihm die kalte Schulter zu zeigen. Vielleicht schämte sie sich, damals im Ferienlager unter fremden Sternen der Versuchung seines jungen, bullenstarken Körpers erlegen zu sein. Ein verbotener Genuss, den sie nun bereute. Irgendwann sagte sie ihm, es sei jetzt aus und er solle sie nicht mehr anrufen. Er rief sie trotzdem weiter an. Kais Begreifen war schwerfällig. Es dauerte lange, bis sich eine Erkenntnis in seinem Verstand festsetzte. Aber wenn es soweit war, akzeptierte er sie ohne Vorbehalt.

Wie üblich saßen wir auf einem Spielplatz mit quietschenden Schaukeln und Katzenkot im Sandkasten. Ich zupfte Lackblättchen von der Rutsche und zerrieb sie zwischen den Fingern. Kai hockte auf einer Bank und starrte vor sich hin. Den ganzen Tag schon war außergewöhnlich still gewesen. Und sehr reizbar. Nahm er sonst die kleinen Sticheleien gelassen hin, hatte er uns am Nachmittag bereits mehrmals angefahren. Dann hatte er ohne Vorwarnung die Mülltonne von einer Haltestelle abgetreten und gegen die Glasscheibe geworfen. Wir waren also gewarnt und hielten uns zurück. Etwas stimmte nicht mit unserem Ochsen.

„Hey, Kai?" fragte ich endlich.

„Hm."

„Sag mal, alles klar bei dir?"

Er schüttelte heftig den Kopf. Plötzlich drückte er sein breites Gesicht in die Hände. Ein Zucken fuhr durch seinen Körper. Er weinte. Wie ein kleines Kind, dem die Eltern gestorben sind, weinte er. Rotz tropfte ihm aus der Nase und seine Augen liefen blutrot an.

„Hey, mach langsam, was ist denn?"

Wir scharrten uns um ihn. Keiner wagte, ihm auf die Schulter zu klopfen. Wir wussten, Kai konnte unberechenbar sein. Es dauerte zwar, ihn aus seiner stoischen Ruhe zu bringen. Aber wenn er ausrastete, rastete er richtig aus. Verlor jede Kontrolle über sein Tun. Bei Schlägereien musste wir ihn mit vereinten Kräften von seinen Opfern ziehen, sonst hätte er sie womöglich totgeschlagen.

Also standen wir schweigend um ihn,

rauchten und betrachteten schockiert den Ausbruch unseres Freundes.

Irgendwann rückte er mit der Sprache heraus. Zwischen Seufzern und neuerlichen Heulattacken berichtete er uns vom Ende seiner ersten großen Liebe. Für uns wäre das keine allzu große Sache gewesen. Wir hatten Freundinnen und verloren sie im Wochentakt. Aber für Kai, der seine liebe Mühe mit den Mädchen hatte, war es eine Katastrophe. In seiner grenzenlosen Naivität hatte der Ochse sein Riesenherz an eine flüchtige Sommerliebe verschenkt. Und nun war es gebrochen dieses große, dumme, liebe Herz. Es war das erste Mal, dass ich meinen Freund weinen sah. Ich fühlte mit ihm.

*

Das zweite Mal, dass wir Kai heulen sahen, war an einem Samstagmorgen. Am Abend zuvor hatten wir uns in der Wohnung eines Freundes getroffen, die uns als Hauptquartier diente. Dort hatten wir auch übernachtet. Auf Matratzen, dem Boden, auf Tischen oder in der Badewanne. Die ebenfalls alleinerziehende Mutter meines Freundes war selbst auf Tour. Sie hatte sehr liberale Ansichten, was unsere Ausschweifungen anging.

„Solange die Bullen nicht vor der Türe stehen…"

Natürlich kam auch das vor. Aber nur wegen Ruhestörung.

Nun, plötzlich klopfte es an die Türe. Ich wachte auf. Und mein erster Gedanke war, warum wohl jetzt, wo die Party schon seit Stunden vorbei war, die Bullen uns heimsuchten. Ich torkelte zur

Türe, froh, das ich voll bekleidet geschlafen hatte.

Kai rannte an mir vorbei, drehte sich um die eigene Achse und ließ sich dann auf einen Stuhl am Küchentisch fallen, auf dem übervolle Aschenbecher und leere Bierflaschen standen. Ich konnte an seiner irren Mimik und den planlosen Gesten einer sprachlosen Verzweiflung sofort erkennen, dass etwas schief war. Auch die anderen wachten auf.

„Was ist denn los, Kai?"

Kai antwortete nicht, sondern steckte sich mit zitternden Fingern eine Zigarette an. Dann brach er in Tränen aus.

„Scheiße, was ist denn?"

Er konnte nicht antworten. Tränen schnürten ihm die Kehle zu. Er drückte seine Zigarette aus und schlug sich heftig gegen die Stirn. Es dauerte eine ganze Weile, bis er sich beruhigt hatte. Stückchenweise enthüllte er uns den Grund seines Kummers. Und je mehr er erzählte, desto breiter mussten wir grinsen, bis wir uns alle vor Lachen die Bäuche hielten.

Irgendwann während des Symposiums der vergangenen Nacht hatten wir wohl über eines unseres Lieblingsthemen diskutiert: Masturbation. Abgesehen von Kai und dem Sohn der Frau, deren Wohnung wir zum bevorzugten Ort unserer Zusammenkünfte gemacht hatten, waren wir alle noch im Stand relativer Unbeflecktheit. Und weil es uns an Frauen mangelte, die uns richtig ran ließen, mussten wir eben selbst Hand anlegen. Und das oft und mit stets wachsender Raffinesse, um den stets wachsenden Trieb zu befriedigen. Neben der Hand konnte man freilich auch andere Dinge benutzen, um das Bäumchen zu schütteln. Weiche Textilien waren sehr beliebt. Socken,

Kissen, Pullover, T-Shirts, die Unterhose der Schwester... Kai, der dem Gespräch selbst nichts hinzuzufügen hatte, musste doch aufmerksam die Ohren gespitzt haben. Auf jeden Fall war er heute mit einer gewaltigen Morgenlatte aufgewacht. Und anstatt zu tun, was er sonst immer tat, trug er sein Holz in den Waschraum. Dort durchwühlte er den Wäschekorb und fand den brandneuen, schwarzen und flauschig weichen Kaschmirpullover seiner Mutter. Eureka.

Seine Mutter kam genau in dem Augenblick herein, als Kai sich ergoss. Ohne ein Wort zu sagen, drehte sie sich um und schloss die Türe. Kai wäre wohl am liebsten auf der Stelle im Erdboden versunken. Aber aus dieser Falle, gab es keinen Ausweg. Also zog er seine Unterhose hoch und trat nach draußen. Seine Mutter stand noch immer dort. Sie hatte vor der Tür gewartet. Wortlos drückte sie sich an ihm vorbei in den Waschraum. Ihr brandneuer Pullover lag zerknüllt auf einem Haufen anderer Wäsche. Sie faltete ihn auseinander, nur um den monströsen Erguss ihres Sohnes zu finden. Weiß auf schwarz. Danach war es mit der Wortlosigkeit vorbei. Sie schrie, zeterte, schimpfte, schlug ihren Ochsen von einem Sohn auf seinen großen, dummen Schädel.

„Zieh dich an und lass dich heute nicht mehr blicken!" befahl sie. Und Kai zog sich an, nahm seine Zigaretten und kam zu uns. Er musste sich in einer Art Schockzustand befunden haben, der sich erst löste, als er bei uns ankam.

Auf jeden Fall verbrachte er den ganzen Tag bei uns. Nachdem er sich etwas beruhigt hatte, fuhren wir mit ihm Karussell. Natürlich. Am Anfang war er stinksauer. Aber nach einer Weile kehrte seine Gelassenheit zurück. Am Abend wagte er sich wieder nach hause. Wir begleiteten ihn bis vor die Türe. Seine Mutter öffnete und sah uns schief an. Sie sagte kein Wort, aber glaubte, so etwas wie den Anflug eines boshaften Grinsens bemerkt zu haben, als Kai mit gesenktem Haupt an ihr vorbei in die Wohnung ging.

*

Das dritte und letzte mal, als ich Kai weinen sah, war am 27. Dezember 1996. Ein Freitag. Dieses Wochenende hatten wir eine LAN Party organisiert. Das Spiele der Wahl waren Command & Conquer: Red Alert, Warcraft 2 und Doom 2. Gegen Abend hatten wir vier Rechner aufgebaut und miteinander verbunden. Wer gerade nicht spielte, sah zu und trank dabei. Es war großartig.

Dann ging das Telefon.

„Kai, für dich, deine Ma."

„Was will die denn?"

„Weiß nicht. Komm, sie weint."

Kai nahm den Hörer in die Hand. Er sagte nichts, sondern hörte nur zu. Dann legte er auf.

„Alles klar bei euch?"

Kai war leichenblass geworden. Wie ein Gespenst stand er da.

„Alles gut?"

„Nichts ist gut," sagte er tonlos.

„Was ist denn?"

„Mein Vater hat sich vor nen Zug geworfen."

„Ist er tot?"

„Was denkst du denn..."

Er steckte sich eine Zigarette an. Dann lief die erste Träne über seine Wange. Und dann eine zweite.

„Ich muss nachhause," sagte er. „Ich muss

nachhause."

Aber er ging nicht. Wie eine Salzsäule stand er da und rauchte, während weitere Tränen sich auf seinem mächtigen Kinn sammelten. Wir starrten ihn sprachlos an. Schließlich drückte er seine Zigarette aus und ging.

*

Ich darf auch eine große Heldentat meines Freundes nicht verschweigen. In jenen Jahren nach dem Fall der Mauer und dem Zusammenbruch des schwarzweißen Imperiums siedelten sich etliche russische Familien in jenem Hochhausviertel am Stadtrand an, das unsere Heimat war. Darunter waren viele entwurzelte und teils hoch aggressive Jugendliche. Diese übernahmen erst den Pausenhof der lokalen Hauptschule, die Kai besuchte, und bald danach auch das Jugendzentrum. Aus Eroberten wurden Eroberer. Wann immer man nun feierte, musste man Angst haben, die Russen würden auftauchen und Ärger machen. Immer wieder hörte man von Schlägereien, die das Maß dosierter Gewalt, an das wir gewöhnt waren, grotesk überstiegen. Eine Schlägerei war für uns etwas, dass mit einer blutigen Lippe und ein paar Prellungen endete. Eine gebrochene Nase galt schon als verwerflicher Exzess. Die Waffen der Wahl waren Fäuste und Fußtritte. Die Russen führten andere Standards ein. Mit Messern, Eisenstangen und Baseballschlägern verbreiteten sie Angst und Schrecken. Üble Burschen waren das, von denen wir uns fernhielten.

Einmal im Jahr gab es einen legendären Tanzabend in einem verlassenen Lagerhaus. Ich glaube die Stadt oder irgendeine Partei stand dahinter. Doubletrouble hieß die Veranstaltung, bei der maßlos getrunken und wild getanzt wurde. Doubletrouble eben. Auch wir waren da. Natürlich. Wie die meisten schmuggelten wir unseren eigenen Alkohol hinein und peppten damit Cola und Fanta auf, die für moderate 1.50 Mark den Becher gingen.

Der Abend verlief relativ unspektakulär, bis auf einmal die Russen auftauchten. Viele Russen. Dreißig oder vierzig Mann. Die meisten stark alkoholisiert. Sie stürmten die Tanzfläche, traten und schubsten. Wir zogen uns in einen Nebenraum zurück. Tranken, rauchten und schimpften über die Tartaren. Nur Kai war auf der Tanzfläche geblieben. Weder hatte er etwas von den Russen mitbekommen, noch störte er sich daran, dass man ihn schubste. Er war, wie gesagt, stark und duldsam wie ein Ochse. Mit geschlossenen Augen und geöffnetem Mund tanzte er zu irgendeinem Technosong. Dessen wohlfeile, weil schnelle Beats wurden von einer unpassend hohen und langgezogenen weiblichen Stimme überlagert – eine kuriose Unsitte der Jugendmusik jener Tage.

Wie dem auch war, plötzlich tauchte Kai bei uns auf. Sein Gesicht war blutrot.

„So ein Arschloch hat mir eine reingehauen."

Wir starrten ihn ersr entgeistert an. Als wolle er beweisen, dass ihm Unrecht angetan worden war, deutete er auf seine Schläfe. Wir sahen nichts, außer dem schweißnassen Ansatz seiner schwarzen Haare.

„Ich mach den fertig, wer geht mit?"

Wir folgten Kai zurück auf die Tanzfläche.

Das war Ehrensache... Außerdem waren wie an die zehn Mann stark, angetrunken und gelangweilt. Zu diesem Zeitpunkt ahnten wir natürlich noch nicht, dass der Übeltäter einer der Russen war. Sonst hätten wir es mit der Ehre gewiss nicht so genau genommen.

Die Tanzfläche war dank der Russen bereits ziemlich verwaist. Wie von einer Wespe gestochen, rannte Kai durch das Flickerlicht, den Kopf wie ein Stier wild hin und her werfend. Endlich fand er seinen Angreifer. Ein kleiner Kerl mit kurz rasiertem blondem Haar. Kai packte ihn an den Schultern und begann ihn anzuschreien. Er schrie so laut, dass er sogar die Musik übertönte. Er schrie und schrie und der kleine Russe stierte ihn verdutzt an.

Was Kai nicht bemerkte war der Ring von Körpern, der sich um ihn zu bilden begann. Die anderen zogen uns schleunigst zurück. Die Russen sahen gar nicht nett aus. Nur ich machte einen Versuch, Kai fortzuziehen.

„Lass gut sein," sagte ich ihm. Und ich versuchte mich zwischen ihn und das Objekt seiner Rachegelüste zu schieben. Doch Kai stieß mich mit einer solchen Wucht weg, dass ich glaubte unter einen Zug gekommen zu sein. Dann brachte auch ich mich in Sicherheit, während die Russen immer näher rückten.

Irgendwann muss es auch den Leuten auf der Bühne aufgegangen sein, dass etwas ganz und gar nicht stimmte. Sie stellten die Musik ab und richteten einen Spot auf Kai. Der bekam noch immer nichts mit und schüttelte den kleinen Russen und schrie ihn an. Kais völlige Selbstvergessenheit und die Art, wie er mich zur Seite gefegt hatte wie lästiges Insekt, musste auf unsere russischen Freunde gewaltig Eindruck gemacht haben. Was es auch war, ihr Anführer begann auf Kai einzureden. Entschuldigte sich, ohrfeigte sogar Kais Angreifer persönlich links und rechts.

„Kein Stress, Bruder," sagte er.

Und dann bot er Kai von seinem Wodka an und veranlasste seine Leute auseinanderzugehen. Schließlich machte er ein Zeichen in Richtung der Bühne, dass alles wieder in schönster Ordnung wäre und die Völker sich vertrugen. Und als wäre er eine Autorität setzten Musik und Lichtshow sofort wieder ein und der Abend verlief ohne weitere Zwischenfälle. Kai genoss seither den Respekt der Russen. Und wann immer wir ihnen über den Weg liefen und er dabei war, hatten wir keine Probleme.

*

Wir verbrachten den besseren Teil des Sommers in diversen Schwimmbädern. Kai war ein begnadeter und ausdauernder Schwimmer. Am Ende eines heißen Tages auf Rutschen und Sprungbrettern, wo wir vor den Mädels posierten, offenbarte er mir auf dem Weg zurück zur Umkleide wie beiläufig, dass er von seinem Schwimmlehrer missbraucht worden war.

„In so einer Kabine, die man von beiden Seiten abschließen kann. Immer nach dem Wasserballtraining," sagte er.

Ich versuchte mir natürlich sofort vorzustellen, wie Kai missbraucht worden war. Ich wusste, dass Missbrauch etwas ziemlich übles war. Etwas, wovor man sich in Acht zu nehmen hatte. Etwas, was dickliche Männer mit großen

Brillen und hohen, honigsüßen Stimmen kleinen Mädchen antaten, wenn sie nicht genau aufpassten und laut genug „Nein" sagten. Aber was das genau war, ich meine, was da genau geschah bei so einem Missbrauch, vor allem, wenn er zwischen Gleichgeschlechtlichen stattfand, wusste ich nicht. Ich wusste nur, dass es kein Sex war. Das nannte man Vergewaltigung und davon träumten wir ausgiebig.

„Was hat er denn gemacht?" fragte ich.

„Na, ich musste meine Hose runterziehen und dann hat er mir einen runtergeholt. Aber es ist nie was gekommen, weil ich noch zu jung war. Und dann hat er seine Hose runtergezogen und ich musste ihm einen runterholen," erklärte Kai.

„Ha. Hast du denn nichts gesagt?" fragte ich verlegen. Nun da meine Neugier einigermaßen befriedigt war, wollte ich das Thema am liebsten schnell wieder wechseln.

„Ne, warum denn?" Kai stierte mich verblüfft an.

„Na, weil er dich eben missbraucht hat. Bist du dumm oder was?"

„Am Anfang hab ich mich schon komisch gefühlt. Aber nach ner Weile, war´s ganz ok. Außerdem hat er mir danach immer zehn Mark gegeben. Und manchmal auch zwanzig."

Zehn Eier waren damals eine respektable Summe. Und erst Zwanzig. Ob sie aber den Missbrauch, den Kai mir beschrieb, aufwog, wagte ich zu bezweifeln.

„Und du hast nichts gesagt? Zu deinen Eltern? Zu niemand?"

„Du bist der erste, dem ich´s erzähle."

„Ok. Und wie lang ging das?"

„Ein Jahr oder so," sagte Kai. „Dann haben

wir einen neuen Lehrer bekommen."

Ich überschlug im Kopf die Reichtümer, die Kai der Missbrauch eingebracht haben musste.

„Und dann?" fragte ich.

Kai zuckte die Schultern.

Wir hatten die Umkleidekabinen erreicht. Die waren von der Art, die man von beiden Seiten abschließen konnte.

„Wollen wir uns eine teilen?" fragte Kai grinsend. Ich sah, dass er eine Erektion hatte. Er bemühte sich gar nicht erst, seinen Zustand zu verbergen.

„Nein," erwiderte ich. Es war laut genug. Kai zuckte nochmal mit den Schultern.

Draußen trafen wir uns wieder und trotteten zur Bushaltestelle. Wir rauchten. Ich war müde. Mein ganzer Körper war erschöpft. Nachdenklich sah ich Kai von der Seite an. Sein starkes Kinn, seine schwarzen Haare, seine vorgewölbte Bullenstirn, seine breiten Schultern. Zwei Mädchen schlenderten vorbei. Er gaffte ihnen nach. Brünstig und unverhohlen lüstern.

„Die hat nen geilen Arsch," sagte er.

„Ha, du bist einfach nur lästig, das ist alles," entfuhr es mir, als hätte ich plötzlich die Lösung eines Rätsels gefunden. Eureka für mich.

Kai gab eines summenden Laut von sich, den ich als Zustimmung interpretierte.

„Sag mal," begann ich, „hast du´s mal mit nem Kerl gemacht? Ich mein so richtig."

Kai sah mich mit leeren, fragenden Augen an.

„Ne, nur geblasen."

„Deinem Schwimmlehrer?"

„Ne, spinnst du?"

„Wem dann?" fragte ich.

„War aufm Zeltlager. Ich hab mir das Zelt mit einem geteilt und wir haben uns jeden Abend einen runtergeholt. Jeder für sich, mein ich. Und dann hab ich vorgeschlagen: Hey, wie wär´s? Ich blas dir einen und dann bläst du mir einen."

„Und?"

Kai fuhr sich mit der Hand über die Stirn.

„Das kleine Arschloch! Ich hab ihm einen geblasen, aber dann hat er einen Rückzieher gemacht."

Das war das Ende unseres Gesprächs. Der Bus kam und wir redeten nicht mehr weiter über Kais homoerotische Abenteuer. Ich war nur erstaunt, wie wahllos mein Freund war, was die Befriedigung seiner Bedürfnisse anging. Und ein wenig bewunderte ich ihn auch dafür.

*

Man konnte es kaum glauben, aber Kai wurde über die Jahre ein echter Hit bei den Ladys. Dabei hatte er nie besonders lange Beziehungen. Es war eher eine Aneinanderreihung von Affären mit den gleichen Partnern in wechselnder Reihenfolge. Auf jeden Fall hatte er immer eine für´s Bett. Und damit war er uns anderen wieder voraus. Denn wir mussten oft monatelange Pausen zwischen unseren mehr oder weniger festen Beziehungen aushalten.

Natürlich fragte ich mich, was Kais Geheimnis war. Ich meine, er war weder charmant, noch besonders gutaussehend – hässlich war er aber auch nicht. Der hervorstechendste Makel war zweifellos sein langsamer Verstand. Der machte ihn praktisch gesellschaftsuntauglich. Dies bis zu den Punkt, wo seine Freundinnen sich rundheraus weigerten, sich mit ihm in der Öffentlichkeit zu zeigen. Das war Kai im übrigen ganz recht.

„Kostet nur Geld und ist Zeitverschwendung. So kommt sie gleich zu mir, wir vögeln und dann ist gut."

Das Geheimnis seines Erfolgs enthüllte mir eine von Kais regelmäßigen Gespielinnen. Sie hieß Nina. Ein nettes Mädchen vom Lande mit traditionellen Werten und Vorstellungen. Aus einer gut situierten Familie mit schmuckem Einfamilienhaus. Der Vater besaß eine Schreinerei und die Mutter arbeitete halbtags im Dorfkindergarten. Nina passte eigentlich gar nicht zu uns. Trotzdem zählte sie eine gewisse Zeit zum festen Bestand der Clique. Ich freundete mich mit ihr an. Nicht nur, weil ich gewisse Hoffnungen hegte, sondern auch, weil es so erfrischend war, sich mit einem sauberen, gesunden Geschöpf des Himmels zu unterhalten. Eine neue Perspektive und so weiter. Stoff für sonderbare Träume. In denen ich in einem Sessel sitze. Spielende Kinder zu meinen Füßen. Und eine hübsche Frau mit selig-sündigem Lächeln und Ninas Zügen mir zur Seite.

„Bist du eigentlich mit Kai zusammen oder nicht?" fragte ich sie irgendwann. Wir saßen am Fluss, etwas abseits von den anderen und tranken warmes Bier.

„Jein."

„Was heißt das Jein?"

„Das heißt Ja und Nein, Dummerchen," lachte sie. Ein Lachen das gesunde und saubere Zähne zeigte. Alles an Nina war gesund und sauber und ich wünschte, etwas von ihrer Sauberkeit und Gesundheit würde auch mich übergehen, während ich gleichzeitig fürchtete, ich könnte sie durch meine bloße Berührung irgendwie verunreinigen.

„Ok, du schläfst mit ihm, dann bist du auch mit ihm zusammen," sagte ich.

„Wie kommst du denn darauf?"

„Nah, weil das bei euch so ist. Ihr schlaft nur mit einem, wenn er mit euch zusammen ist."

„Hm…"

„Oder nicht?"

„Nicht immer," sagte sie. Unser Gespräch schien sie in keinster Weise zu irritieren. Tatsächlich hatte ich sogar den Eindruck, als hätte sie Spaß an diesem pikanten Thema.

Ich begann an ihrer makellosen Sauberkeit zu zweifeln.

„Ok, darf ich dir ne Frage stellen?"

„Klar."

„Was habt ihr mit Kai? Ich meine, nicht nur du, auch andere schlafen immer wieder mit ihm, ohne dass sie mit ihm zusammen sind. Ich versteh das nicht. Ich mein… Es ist der Kai!"

„Er hat gewisse Qualitäten," meinte Nina und biss sich ein klein wenig auf die Unterlippe.

„Was denn für Qualitäten?", rief ich aus. Wir redeten von Kai, dem lieben Ochsen, der Lachnummer.

„Er ist gut im Bett," sagte Nina. „Das ist alles."

„Gut im Bett? Ha! Der muss spektakulär sein, so wie ihr euch die Klinke bei ihm in die Hand drückt…" spottete ich verärgert. Doch mein Spott ging nach hinten los.

„Oh ja, das ist er. Spek-ta-ku-lär. Absoluter Wahnsinn."

Ich schluckte. Mir war nie auch nur die Idee

gekommen, dass Kai in irgendetwas spektakulär sein konnte.

„Was macht er denn so besonders?" fragte ich.

„Ach, nichts weiter," meinte Nina.

„Aber wie kann er denn dann gut im Bett sein. Ich versteh das alles nicht," sagte ich verärgert.

„Wenn ich´s dir erzählte, versprichst du, es für dich zu behalten?" fragte Nina. Sie nippte an ihrem Bier. Die Aura gesunder Sauberkeit und sauberer Gesundheit war mittlerweile völlig von ihr abgefallen. Neben mir saß ein schmutziges Tierchen, das mehr mit mir gemein hatte, als mir lieb war.

„Ok, ich versprech´s."

„Er hat einen riesigen Schwanz."

„…"

„Und er weiß damit umzugehen."

„Kai?"

„Oh, ja. Sein Ding ist spek-ta-ku-lär." Wieder lächelte sie versonnen. Dieses dreckige, sündige Wesen aus den tiefsten Kreisen der Hölle. Dieser mannsfleischfressende Dämon in Gestalt der niedlichen Nina vom Lande.

„Nina?" fragte ich, nachdem ich den Schock einigermaßen verdaut hatte.

„Hm?"

„Wie groß ist sein Ding?"

„Ach, ich weiß nicht."

„Ungefähr."

„Ich weiß nicht."

„Du weißt, dass es riesig ist, aber du weißt nicht wie lange? Und das, obwohl du mit ihm vögelst."

Sie dachte nach, in keiner Weise verärgert

über meinen Ton, eher amüsiert.

„Vielleicht so lange."

Sie zeigte eine enorme Größe. Knapp unter dreißig Zentimeter würde ich sagen.

„Und so ungefähr so dick."

Mit Daumen und Zeigefinger formte sie einen Kreis.

„Wow," meinte ich. „Dass er euch nicht zerreißt?"

„Ja, aber er versteht eben damit umzugehen."

„Ha. Unglaublich."

„Oh ja, genau das," meinte die kleine Nutte.

„Nina, willst du mit mir gehen?" fragte ich und legte den Arm um sie. Ich war so lästig. Oh, ich wollte sie gleich hier, hier auf dem Gras.

Sie lachte und machte sich frei.

„Lass mal."

„Du sagst nein?" fragte ich theatralisch.

„Du bist nett und alles, aber… ich lieb dich nicht," meinte sie.

„Liebst du Kai?"

„Nein."

„Aber du schläfst mit ihm."

„Ja."

„Würdest du mit mir schlafen, Nina?"

Sie gab mir einen Kuss auf die Wange und ging zurück zu den anderen. Ein Judaskuss war das, der lange brannte.

Judas Spielberg

Für manche armen Seelen ist die Jugend nichts als eine endlose Aneinanderreihung peinlicher und beschämender Vorfälle und Demütigungen. Diese armen Seelen bleiben uns im Gedächtnis als kuriose Außenseiter, ewige Verlierer oder gar abstoßende Idioten. Nur selten denken die vom Schicksal Bevorzugten an die vielen inwendigen Narben, die diese geplagten Geschöpfe haben davon tragen müssen. Einige fangen sich zwar im späteren Leben wieder. Die Hiebe der Jugend haben sie stark und erfindungsreich gemacht. Haben sie abgehärtet gegen die Wechselwinde des Fatums. So bringen sie es im späteren Leben oft sogar weiter als jene, mit denen die Götter es gut gemeint haben. Doch die meisten vegetieren im Schatten des bösen Sterns, unter dessen Zeichen sie geboren wurden, einfach dahin. Beschwert von einer Erbschuld, für die sie nichts können. Ohne Hoffnung auf Erlösung. Sie verbringen ihre Tage in den Tälern des Todes. Und weit und breit kein Hirte, der sie zu grünen Auen führt.

Ich denke, ich bin ein gutes Beispiel für die erstere Gruppe. Meine Jugend war kein Spaß. Ich war ein Außenseiter, sicher, aber das war nicht weiter tragisch. Ich gebe nicht viel auf das, was andere über mich denken. Bin mir selbst genug und oft sogar zu viel. Auch, dass ich als Halbwaise bei meiner frustrierten und oft, sehr oft überforderten Mutter aufwuchs, hat mich nicht umgebracht. All ihre Gemeinheiten und Demütigungen habe ich gut verwunden. Die erhaltenen Schläge waren nie gegen mich gerichtet, das habe ich schon früh begriffen, sondern gegen ein Schicksal, dessen Verkörperung ich war. Ich war die Kette, die meine junge Mutter gefangen hielt. Das Mittel des Schicksals, sie ihrer Jugend zu berauben. Und können wir einem Gefangenem einen Vorwurf machen, wenn er versucht, sich seiner Ketten zu entledigen?

Irgendwie bin ich also davon gekommen, habe es zu einer Familie gebracht, einem Auskommen, einem Platz, wo ich des Abends mein müdes Haupt betten kann. Für die meisten mag das nach nicht viel klingen. Aber für mich ist das alles wie ein Wunder.

Und dann gibt es da noch eine dritte Gruppe. Über die sprechen wir nicht. Es lohnt sich einfach nicht. Es handelt sich um jene Menschen, die einfach zu schwach sind und zur Unzeit zerbrechen. Zu dieser Gruppe zählten Roderich und Lucias Schwester. Und auch Spielberg.

Wir nannten ihn nur nach seinem Nachnamen. Spielberg. Er war hager, hochgeschossen, bleich. Wie ein schmutziger Schatten lag der Ansatz eines Schnurrbarts über seinen wulstigen Lippen. Eine riesige Hornbrille thronte auf seiner Stupsnase. Er kleidete sich nach Gangstermanier der 90er mit lächerlich weiten Hosen, die viel zu tief hingen, und karierten Hemden, die er offen über weißen T-Shirts trug.

Spielberg war selbst unter Außenseitern ein Außenseiter. Er war rundheraus abstoßend. Auch in unserer Gruppe wurde er nicht akzeptiert. Nur geradeso geduldet. Er hatte sich an Kai angehängt. Die beiden besuchten die gleiche Klasse der Hauptschule. In Kais Windschatten tummelte er sich nun bei uns herum. Während wir Kai respektierten ja mochten, hassten wir sein

Anhängsel. Wir verachteten ihn so sehr, dass wir ihn nicht einmal hänselten. Wir ignorierten ihn einfach, so gut es ging. Ich weiß nicht, ob Spielberg das verdiente. Nur einmal habe ich mit ihm ein knappes „Hi" gewechselt. Ich kann mich so gut daran erinnern, weil ich bei dieser Gelegenheit seine schiefen Zähne sah. Fast schwarz waren die.

Spielberg war pervers. Während wir Kissen, die Unterhosen diverser Schwestern oder Mamas schwarze Kaschmirpullover vergewaltigten, hielt es Spielberg mit Colaflaschen. Kai erzählte uns einmal von der sonderbaren Vorliebe seines Kumpels. Er sprach davon nicht verächtlich, sondern eher verwundert.

„Mir wär´ das viel zu eng," schloss er. Wir kugelten uns vor Lachen. Kai galt als absolut zuverlässige Quelle. Er war unfähig zu lügen. Und so glaubten wir ihm jedes Wort.

„Viiieeelll zu eng," wiederholte er kopfschüttelnd.

Ja, der Hals einer Colaflasche war in der Tat zu eng. Man musste schon einen außerordentlich winzigen Schniedel haben, um ihn dort hinein zu kriegen. Und ein riesiges Loch im Hirn, überhaupt auf so eine Idee zu kommen. Colaflaschen sind ja bekanntlich das Gegenteil von weich. Und warm.

Hatten wir Spielberg bis dahin verachtet, so sank er nach dieser Enthüllung in unserer Gunst ins Bodenlose.

„Den Spinner brauchst du nicht mehr mitbringen," sagten wir Kai. Und sogar der stimmte achselzuckend zu. Die Grenzen des guten Geschmacks war überschritten worden. Selbst wir hatten gewisse Standards.

Ein paar Monate später war Spielberg tot.
Wieder erfuhren wir die Geschichte von Kai.

Spielberg hatte sich während der Pause mit
einer Colaflasche auf die Toilette zurückgezogen.
Und dann war er steckengeblieben. Verzweifelt
hatte er versucht, die Flasche loszuwerden. Doch
sein Glied war angeschwollen. Und schwoll
immer weiter. Heulend vor Schmerz hatte er es
irgendwann nicht mehr ausgehalten. Mit der
Flasche in der Hand und den Hosen zwischen den
Beinen war er in den Flur getreten, um sich einer
Lehrkraft anzuvertrauen. In dem Moment
klingelte die Schulglocke. Die Türen zu den
Klassenräumen öffneten sich und Schüler fluteten
zum Stundenwechsel den Flur.

Armer Spielberg. Die ganze Schule scharte
sich lachend um ihn. Um den hageren Spielberg
mit seiner 1.5-Liter Colaflasche, auf deren Boden
sich die Reste von Soda mit seinem Samen
mischten. Irgendwann erbarmte sich ein Lehrer
und führte den heulenden Teenager ins
Lehrerzimmer, wo er auf den Notarzt wartete.
Danach kam er nicht mehr zur Schule. Auch Kai
hatte keinen Kontakt mehr.

Drei Wochen nach dem Vorfall wurde
bekannt, dass Spielberg sich aufgehängt hatte. Es
war ein langsamer, grausiger Tod gewesen. Selbst
seinen Selbstmord hatte der Idiot versaut.

Spielberg hatte ein Seil an einen kräftigen
Ast eines Kirschbaums im elterlichen Garten
gebunden, sich auf einen Stuhl gestellt und dann
den Stuhl umgekippt. Ganz wie im Film. Als er
spürte, wie es sich anfühlte, langsam erwürgt zu

werden, musste er es sich anders überlegt haben. Panik ergriff von ihm Besitz. Der unwiderstehliche Drang, weiterleben zu wollen. Vergeblich versuchte er, sich am Seil hochzuziehen. Er schrie. Doch seine Hilferufe verhallten ungehört. Seine Eltern waren aus und das Nachbarhaus lag außer Rufreichweite. Irgendwann, nach einer halben Stunde oder so, verließen ihn die Kräfte. Die Eltern fanden ihn erst am nächsten Morgen. Seine Mutter sah ihn durch das Küchenfenster beim Kaffeekochen. Sie sah ihren einzigen Sohn wie Judas vom Ast eines Baum hängen.

Krötenstecher Wolfgang

Wolfgang war ein weiterer Klassenkamerad, der mir im Gedächtnis geblieben ist. Ich denke, er war der geborene Amokläufer. Und dass er nicht eines Tages ein Blutbad unter uns angerichtet hat, ist nicht weniger als ein Wunder. Denn er hatte wohl den Willen und die Mittel dazu. Sein Vater war Polizist und verfügte über ein ansehnliche Sammlung von Jagdgewehren und Pistolen. Wolfgang war im Schützenverein in übte wöchentlich mit kleinkaliberigen Waffen. Und er war ein guter Schütze.

Wolfgang wurde gemeinhin nur Krötenstecher genannt. Der Name rührte von einem Vorfall her, der ihm allgemeine Bekanntheit an unserer Schule verschaffte. Er zeigte in der Pause sein brandneues Jagdmesser herum. Der Lehrkörper, der davon Wind bekam, fand das keineswegs amüsant. Man nahm ihm das Messer ab.

„Was wolltest du denn damit?" fragte man ihn.

„Kröten abstechen," gab er zur Antwort. Und taufte sich so selbst.

*

Wolfgang hatte ein außerordentlich widerliches Äußeres. Er war stark übergewichtig und litt unter einer monströsen Akne von der Art, die tiefe Narben hinterlässt. Sein Haar glänzte ölig und schwarze Bartstoppel ließen sein fettes Gesicht ewig ungewaschen erscheinen. Zu seinem abstoßenden Äußeren gesellte sich ein prahlerisches Wesen. Anstatt in Sack und Asche einherzugehen, hatte Wolfgang eine große Klappe, die noch größere Töne spuckte. Ein Lehrer sagte einmal vor versammelter Klasse zu ihm: „Wenn du tot bist, wird man deine Klappe noch mal extra erschießen müssen."

Wir mussten damals schon volljährig gewesen sein, denn Wolfgang fuhr ein abgefucktes Auto, einen roten Opel Corsa, der ständig in Reparatur war. Und wir trieben uns in diversen Diskos herum, vor deren Pforten die Nazis von Türstehern wie Zerberus vor dem Eingang zum Hades wachten und nach unseren Ausweisen fragten.

Am Montag wurde dann erzählt, was man hier und dort alles erlebt hatte. Übertreibungen waren an der Tagesordnung. Aber Wolfgang stach die Kröte ab. Er erzählte von vollbusigen Blondinnen, die er auf der Motorhaube seines Opels „gestochen" hatte.

Wir lachten ihn natürlich aus und machten oft derbe Scherze. Das brachte Wolfgang praktisch immer aus der Fassung. Er lief rot an und begann uns zu drohen.

„Ich knall euch noch mal alle ab," zischte er. „Mein Alter hat nen Schrank voll Knarren und ich weiß, wo der Schlüssel ist."

Mehr Gelächter. Damals gab man noch nicht viel auf solche Drohungen. Es war ein anderes, in gewisser Hinsicht unschuldigeres Zeitalter.

Irgendwie freundete ich mich mit Wolfgang an. Ich fand ihn faszinierend. Er erinnerte mich an den Baron Harkonnen aus David Lynchs „Dune", einem meiner Lieblingsfilme in dieser Zeit. Außerdem hatte er ein Auto. Kein tolles Auto, aber immer noch besser als mit dem Bus oder per pedes von und zur Schule zu kommen. Wolfgang holte mich am Morgen ab und fuhr mich gelegentlich auch nach hause. Dafür lauschte ich andächtig und ohne Widerspruch seinen haarsträubenden Märchen. Wenn er nicht von irgendwelchen brandheißen Mädchen erzählte, die er „gestochen" hatte, redete er über die ewigen Reparaturen an seinem Opel oder Waffen. Er wusste sehr viel von Waffen. Messer, Pistolen, Gewehre. Er kannte Hersteller, Modelle, technische Details. Ich verstand nur Bahnhof.

„Wer mit dem Schwert lebt, wird durch das Schwert sterben," meinte ich einmal, als es mir zu viel wurde.

„Du wirst durch das Schwert sterben, wenn ich dich mal abstech," sagte Wolfgang halb im Scherz und halb im Ernst. Die düster gekräuselte Stirn verriet gefährliche Gedanken.

*

Eines Nachmittags war Wolfgang weniger gesprächig als sonst. Mit dem Blick starr vor sich gerichtet, fuhr er mich nach hause. Etwas schien ihn umzutreiben.

„Alles klar, Mann?" fragte ich.

„Willst du was sehen?" fragte er zurück.

„Was denn?"

„Ich habe ne Knarre dabei," sagte er und sah dabei aus wie der irre gewordene Private Paul in Full Metal Jacket. *Ich lebe in einer Welt aus Scheiße.*

„Fuck," sagte ich.

„Komm, wir schießen ein paar Runden. Ich kenn da einen Platz im Wald, wo wir ungestört sind."

Ich wagte nicht, zu widersprechen. Aber ich

fürchtete, mein Ende war nah. Der Krötenstecher würde mich gewiss abknallen. Und dann meinen Körper auf der Motorhaube seines Opels sodomieren. Schade. Leb wohl, grausame Welt.

Wir fuhren eine Weile bis wir an einen Wald kamen. Und dann fuhren wir noch ein gutes Stück auf einem unbefestigten Waldweg weiter. Schließlich parkte Wolfgang. Er schnappte sich eine Sporttasche, die auf dem Rücksitz lag.

„Da ist die Knarre drinnen?" fragte ich.

Er sah mich an wie einen Idioten.

Wir marschierten einen Kilometer durch das Unterholz. Wolfgang schnaufte sehr. Schweiß stand auf seiner Stirn. Vor lauter Anstrengung. Oder vor Erregung. Wer wusste es?

Dann erreichten wir eine kleine Lichtung unter einem riesigen toten Baum. Er hatte weder Blätter noch Rinde. Auf dem Stamm war eine Zielscheibe aufgesprüht.

Wolfgang zeigte mir die Einschusslöcher.

„Aus zwanzig Meter Entfernung," sagte er.

„Ich bin beeindruckt," meinte ich.

Dann packte er die Sporttasche aus. Sie enthielt eine schwarze Pistole und zwei Magazine.

„Walter P99, 9mm, 16 plus 1 Magazin."

„Ist die echt?"

„Da kannst du deinen verwichsten Arsch drauf verwetten."

„Ok."

Wolfgang positionierte sich etwa zehn Meter vor dem Ziel. Dann gab er einen Schuss ab. Der laute Knall erzeugte ein Echo im Wald. Einige Vögel begannen aufgeregt zu zwitschern.

Wolfgang ging zur Zielscheibe und rief aus.

„Volltreffer!"

„Wow," sagte ich.

Dann gab Wolfgang noch drei oder vier weitere Schüsse ab. Ich rauchte dabei eine Zigarette.

„Willst du auch mal?" fragte er.

„Klar," sagte ich.

„Kannste vergessen ohne Waffenschein. Ich geb´ ja auch keinem Baby die Knarre. Da muss man für ausgebildet sein."

„Ah. Verstehe."

Wir gingen zurück zum Auto. Ich war froh, am Leben geblieben zu sein.

„Machst du das öfter?" fragte ich, nur um das unangenehme Schweigen zwischen uns zu brechen. Wolfgangs Blick war völlig irre.

Er antwortete nicht. Aber er setzte mich zu hause ab.

*

„Boah, ich hab am Samstag wieder eine geknallt," sagte Wolfgang eines Montags ein paar Wochen später.

„Ha."

„Die ist mir den ganzen Abend nachlaufen. Ich hatt´ sie schon mal. Und ich nehm nicht zweimal die gleiche. Das is so meine Regel. Aber sie hat so gebettelt und hat mich nicht in Ruhe gelassen. Da hab ich sie eben geknallt."

„Du bist ein guter Mensch."

Wolfgang grinste mich an.

„Und wie es bei dir so gegangen?" fragte er gönnerisch.

„Oh, bei mir war Flaute," sagte ich. Und das war keine Lüge. Das vergangene Wochenende war in meiner Erinnerung zu einem Fiebertraum aus Zigaretten, Alkohol und Spaghetti zusammengeschmolzen. Eine geile Blonde gab´s da nicht.

„Du musst einfach mehr Mann sein, Steve. Du musst den Weibern zeigen, wo der Hammer hängt, dann kommen sie schon."

„Interessant. Hast du noch mehr Tipps?" fragte ich.

„Also man darf nicht jede nehmen. Titten und Arsch müssen schon passen. Ich fass da schon mal zu, bevor ich eine an mich ran lass."

„Um die Qualität zu prüfen?"

„Genau." Wolfgang grinste mich an. Dieser irre Blick war wieder in seinen Augen. Ich glaubte, er würde mich entweder auf der Stelle sodomieren oder erschießen oder beides in umgekehrter Reihenfolge.

„Und dann lass ich sie grundsätzlich blasen. Und zwar ordentlich. Das muss sein," sagte er.

„Das ist ja wohl das mindeste."

„Aber auf längeres lass ich mich nicht ein, egal wie gut eine is. Das is auch so meine Regel. Jede Woche eine andere."

„Ja, das macht Sinn," stimmte ich zu. Und dann bot ich ihm eine Zigarette an. Gewissermaßen als Dankesopfer für die Gottheit, die mich mit ihrer Weisheit so gnädig zu erleuchten geruhte.

Wolfgang zog eine Zigarette heraus und steckte sie zwischen die feuchten Lippen. Ich zündete sie ihm an.

Er paffte ein wenig.

„Du musst ziehen," sagte ich.

Er zog. Und dann brach er in einen schrecklichen Hustenanfall aus. Er wurde ganz rot.

„Ich...hab...mich...scheiße...ver...schluckt,"
sagte er zwischen immer neuen Hustenanfällen.

„Hm."

Er warf die Kippe weg.

„Ich wusste nicht, dass du Nichtraucher
bist."

„Bin ich auch nicht."

„Ach, ich dachte nur."

„Nein, nein," sagte Wolfgang.

„Willst du noch eine?"

„Grade nicht."

„Hast du noch mehr Weibertipps?" fragte
ich.

„Klopfen," sagte Wolfgang.

„Klopfen?"

„Wenn eine nicht gleich will oder sich
aufführt, musst du sie nur ordentlich klopfen.
Dann kommt sie angekrochen."

„Du meinst, wenn eine nicht will, muss man
sie schlagen?" vergewisserte ich mich.

„Jo. Letztens hab ich eine angeschmaucht
und die hat sich geziert und Terz gemacht. Da hab
ich ihr links und rechts eine runtergehauen und
zehn Minuten später hat sie mir einen geblasen."

„Ha!"

„Bisschen Klopfe hat noch keiner
geschadet," sagte Kröti verständig.

„Wie kommst du eigentlich auf so was?"
wunderte er mich.

„Mein Vater haut meiner Alten auch schon
mal eine runter, wenn sie nicht aus dem Nörgeln
rauskommt. Und dann is sie wieder zahm und
kocht lecker Essen und nachts hört man sie dann
schreien."

„Oh, mein Gott, ich will das alles nicht
hören."

Wolfgang sah mich sonderbar und etwas abschätzig an.

„Du bist ein Idiot, Steve," stellte er konstaniert fest und schüttelte den Kopf, als hätte er mich aufgegeben. Und ich fühlte mich tatsächlich ein wenig wie ein Idiot.

*

Wolfgang war extrem schlecht in der Schule. Er war bereits zweimal sitzengeblieben. Und seine Chancen, das Klassenziel zu erreichen, gingen gegen Null. Er erzählte mir das alles fast gleichgültig.

„Ich bin eigentlich froh, aus dem Scheißladen hier rauszukommen," sagte er.

„Kann ich verstehen," erwiderte ich.

„Scheißwichser die alle."

„Hm."

Dann musterte er mich an. Böse wie der Baron Harkonnen und irre wie Private Paul.

„Ich werd ihnen ein schönes Abschiedsgeschenk machen. Die werden mich so schnell nicht vergessen."

Ich schluckte.

„Übertreib es mal nicht, Wolfgang. Sind nicht alle deine Feinde."

Er stierte mich immer noch aus seinen dunklen Schweinsaugen an. Bohrend, prüfend. Ein großer Diktator war an diesem Menschenkind verloren gegangen.

„Hör mal, vergiss bitte nicht, dass ich dir nie was getan hab. Weißt du noch, wie wir im Wald schießen waren? Du und ich?"

„Ein schönes Abschiedsgeschenk," knurrte Wolfgang langsam noch immer mich fixierend.

„Und wenn du jemandem was sagst..." Er fuhr sich mit dem Daumen über den fetten Hals. „Still wie ein Grab, sonst bist du im Grab."

„Sehr wohl, Baron."

Natürlich hielt ich meine Klappe. Ich wiederhole, damals waren wir noch nicht in Ära der Schulschießereien angekommen. Es gab Prügeleien, Messerstechereien, Vergewaltigungen, Überdosen und ein paar tödliche Unfälle. Aber sonst war eigentlich alles heile Welt. Die Schule war doch nichts als unsere staatlich organisierte Vorbereitung für ein glückliches Leben in einer hochentwickelten Gesellschaft, wo Gewalt keinen Platz hat und allen, alle Wege offenstehen. Eine Gewinnergesellschaft!

Krötenstecher ließ mich übrigens stehen und watschelte zurück in die Klasse oder wo hin auch immer. Ich zündete mir noch eine Zigarette an, obwohl es schon geläutet hatte.

Dann stellte ich mir vor, wie Wolfgang mit seiner Walter P99 in mein Klassenzimmer stürmen würde. Zuerst wäre erschreckte Stille. Vielleicht würde sogar jemand Kröti was Gemeines an den Kopf werfen. Aber dann würde er uns ins Visier nehmen, einen nach dem anderen, und Bumm, Bumm, Bumm. 16 plus einen Kopfschuss. Meine Klasse bestand aus einunddreißig Schülern. Ich hatte also einen 50/50 Chance das erste Magazin zu überleben. Wenn er mich nicht sowieso schonte. Um unserer alten Freundschaft willen und so. Dann könnte ich entweder aus dem Fenster springen oder versuchen an ihm vorbei durch die Tür zu fliehen. Meine Chancen standen also gar nicht so schlecht. Nur um die Mädels war es schade.

Wenigstens um manche.

*

Wolfgang hatte natürlich nur Sprüche gemacht. Wie gewöhnlich. So wenig, wie ihn je eine dickbusige Blondine um Sex angebettelt hatte, so wenig hatte er sein versprochenes Massaker veranstaltet. Ich war enttäuscht. Eines Tages war er einfach verschwunden. Man redete kaum von ihm. Und nach ein paar Wochen war er bei den meisten ganz in Vergessenheit geraten. Allein ich vermisste ihn ein wenig. Ich liebte es nicht, mit dem Bus oder per Pedes von und zur Schule zu kommen.

Mit Wolfgang ist es übrigens interessant weitergegangen. Ich bin ihm ein paar Jahre später nochmal begegnet.

In unserer Gegend gab es damals einen Haufen Dorfdiskos, in denen sich die Landjugend am Wochenende tummelte und ordentlich soff. Man spielte dort Schlager oder die Dance Charts. Furchtbar! Aber die Mädchen waren locker und die Preise moderat, vor allem, wenn Doppeldecker war – zwei Bierchen zum Preis von einem! Und so trieb es auch mich ab und an zurück aufs Land, wenn ich eine Fahrgelegenheit fand.

Einer dieser Clubs war abgebrannt und wieder aufgebaut worden. Er nannte sich nun „Octopus." Es gab eine riesige oktogonale Tanzfläche, Lasershows, Schaumparties und was nicht alles. Für eine kurze Zeit, war das „Octopus" so In, das sogar die Studis in Scharen aufs Land pilgerte.

Auch ich trieb mich dort vielleicht ein halbes

Dutzend mal herum. Und warum auch nicht? Fahrgelegenheiten boten sich nun viele, die Preise waren moderat und die Mädchen locker.

Bei einem meiner Besuche begegnete ich Wolfgang wieder. Und zwar in Begleitung einer hübschen Blondine, die ihn um einen Kopf überragte. Er sah ganz verändert aus. Vor allem hatte er einiges an Gewicht verloren. Er war zwar immer noch stark, aber keineswegs mehr fett. Er trug einen beeindruckenden Anzug und betrachtete die jungfräuliche Tanzfläche, die sich erst langsam zu füllen begann. Obwohl er sich äußerlich ziemlich verändert hatte, erkannte ich ihn doch gleich wieder. Kurzerhand ging ich auf ihn zu und reichte die ihm die Hand.

„Hi, Wolfgang, lange nicht gesehen!"

Er blinzelte mich an.

„Steve?" fragte er.

Ich war ein wenig verstimmt, dass er mich nicht gleich erkannte. Was sollte das? Wie viele Freunde konnte Kröti denn gehabt haben, dass er mich vergessen konnte? Aber dann hellten sich seine brutalen Züge etwas auf und er zerquetschte mir fast die Hand.

„Schön dich zu sehen, du verwichstes Arschloch," sagte er herzlich.

„Scharf siehst du aus! Was treibst du so?"

„Ich arbeite hier."

„Türsteher oder was?"

Wolfgangs Begleitung lachte auf.

„Ich bin Teilhaber," sagte er grinsend.

„Wo hier?"

„Ne aufm Scheißhaus, du Idiot."

„Ha."

Dann lud er mich auf einen Drink in den VIP Bereich ein. Und dort erzählte er mir, wie er

Teilhaber des Octopus geworden war. Es war eigentlich recht simpel gewesen. Er hatte von seiner Großmutter einen Batzen Geld geerbt. Und sein Vater war in seiner Eigenschaft als Polizist irgendwie mit den Besitzern dieses Clubs bekannt. Die waren nach dem Brand auf der Suche nach einem Batzen Geld für die Renovierungsarbeiten und so kam eines zum anderen.

„Das beste ist, ich krieg jede Woche ne andere," schloss Wolfgang grinsend. Ich sah mich in der VIP Lounge um. Da waren haufenweise hübsche Dinger mit zweifellos materialistischen Interessen. Flusis eben.

„Und der Club läuft?" fragte ich.

„Bombe," lachte Wolfgang.

„Na, dann bleibt mir nur noch, ihnen zu ihrem Triumph zu gratulieren, Baron," sagte ich.

„Hä?"

„Gut gemacht!"

„Jaja."

Wolfgang gab mir einen VIP Pass für den Abend. Damit konnte ich kostenlos trinken. Dann warf er mich ein wenig brüsk aus der Lounge.

„Ich kann nicht jeden hier reinlassen, du verstehst?"

„Ja, Wolfgang, ich verstehe. Ich bin nicht würdig."

„Ein Idiot bist du. Na, viel Spaß heut abend. Und zeig den Weibern, wo der Hammer hängt, dann kriegst du vielleicht auch mal eine ab."

„Klar."

„Oder bist du´n Schwuli? Haha."

Auch seine Freundin lachte. Ich zog ab und begann mich stilvoll zu betrinken. Es war ein guter Abend.

Ein paar Monate später legte sich der Hype um das Octopus langsam. Und zwei Jahre später schloss die Bude für immer ihren Pforten.

Kirsten

Ihr Name war Kirsten und ihre… unsere Geschichte spielt in unserem letzten Schuljahr.

Sie saß in der Bank vor mir. Saß alleine wie ich. Der betäubende Geruch ihres billigen Parfüms hüllte mich Tag für Tag ein. Doch ich ertrug gleichmütig, was jedem anderen gewiss den Magen umgedreht hätte. Selbst die Lehrer beschwerten sich manchmal über den penetranten Blumenduft.

„Mal nicht übertreiben, Kirsten," meinte die Deutschlehrerin nachsichtig.

„Kirsten," ließ der Schulbiologe vernehmen, „riecht wie eine Sommerwiese. Dass sich nur nicht die Bienen auf dich setzen."

Der Mathelehrer bewies weniger Takt: „Wie im Puff stinkt das hier."

Der rotnasige Frühsechziger war ledig. Er schien gewisse Erfahrungen in dieser Richtung zu haben.

Die Dunstwolke, die sie umgab, war nicht das einzige bemerkenswerte oder abstoßende an meiner Mitschülerin. Sie war ungewöhnlich klein und sehr dünn. Ich verbrachte manche Stunde damit, ihre Rückseite zu studieren. Ihr Körperbau glich dem eines unterernährten Jungen von dreizehn, vierzehn Jahren. Dabei war sie mindestens neunzehn. Ihre Hüfte war so schmal wie ihre Schultern. Man hätte eine gerade Schnur zwischen ihren Achseln zu den Oberschenkeln spannen können. Von einer Brust unter den schreiend bunten Tops konnte keine Rede sein.

Kirsten war eine junge Frau im Körper eines verhungernden Kindes.

Sie war das hässliche Entchen der Klasse,

der Klassenstufe, vielleicht der gesamten Schule. Die Bezeichnete, Gebrandmarkte unter Tausend. Und das nicht nur wegen ihrem Körper, sondern vor allem wegen ihrem Gesicht und der sonderbaren Haltung ihres Kopfes. Ihr winziger Schädel war an den Seiten ganz schmal, dafür bizarr in die Länge gezogen. Dieser Eindruck wurde von einer langen, spitzen Hackennase und der Tatsache, dass sie ihren Kopf stets ganz tief zwischen den Schultern trug, so als könnte ihr Hals dessen Gewicht nicht halten, noch verschärft. Ihre Haut war von Akne überzogen, die Kirsten unter absurd dicken Schichten aus Make Up zu verbergen suchte. Ein Überbiss und viel zu eng zusammenstehende, riesenhafte Augen vollendeten die Disharmonie.

Was ihre Kleidung angeht, sie hätte geschmackloser und greller nicht sein können. Vergeblich versuchte sie den Stil diverser Popsternchen der 90er nachzuahmen. Dabei griff sie auf Textilien von diversen Discountern zurück. Zeug, das auf dem Grabbeltisch liegt und von dem man sich fragt, wer das denn kauft, geschweige denn anzieht. T-Shirts mit dem Aufdruck „Dance Girl" oder „Let´s Party All Night" oder Hosen mit bunten Strasssteinchen an den Seiten und auf der Gesäßtasche.

Kirsten mochte Strass und bunt. Ich kann mich nicht erinnern, sie je in einem Outfit ohne die bunten Steinchen gesehen zu haben.

Ich glaube, es war am Ende die Art, wie sie sich kleidete, die meine Neugier weckte. Mir entging nicht das Tragikomische und zugleich entzückend Naive in ihren Versuchen, wie jemand zu erscheinen, der sie unmöglich sein konnte. Trotzdem eiferte sie ihren Idolen mit fanatischer

Entschlossenheit nach. Wie jene wunderschönen Teenager aus den Magazinen und Musikvideos wollte meine Mitschülerin sein. Cool, hip, beliebt, umlagert von gutaussehenden Beachboys, die ihr schöne Augen machten. Dabei war sie selbst alles andere als ansehnlich. Das Gegenteil, sie war, wie wir hinter vorgehaltener Hand spotteten, so hässlich wie die Nacht schwarz. Und je mehr sie versuchte, ihre Götter zu imitieren, desto stärker trat ihr Unvermögen hervor.

Sowohl bei ihren Geschlechtsgenossinnen als auch bei den Jungs war Kirsten unbeliebt. Und das nicht oder zumindest nicht nur, weil sie hässlich war. Sondern vor allem, weil sie sich dabei auch noch lächerlich arrogant aufführte. Sie hatte sich einen völlig unpassenden Hochmut zugelegt. Und der hätte selbst einer Schönheit, die cool und hip war und die jeden Kopf mit spielerischer Leichtigkeit verdrehen konnte, nicht angestanden.

Verächtlich sah sie uns an, wenn wir herumblödelten. Schürzte verärgert die Lippen oder verdrehte ihre riesigen, viel zu eng beieinander liegenden Augen. Auch in den Pausen, wenn wir hinter dem Schulgebäude standen, rauchten und schwatzten, mied sie uns. Stattdessen hielt sie sich demonstrativ abseits. Meist hatte sie irgendein Hochglanzmagazin, in das sie ihre Hackennase steckte. Drei, vier Monate am Stück las sie das gleiche Heft, bis sie es mit einer anderen, nie aber der aktuellen Ausgabe vertauschte.

Soviel zu Kirsten.

*

Ich habe einen starken Hang zu den Geschöpfen der Unterwelt. Sie faszinieren mich. Sie ziehen mich an. Vielleicht verbindet uns eine irgendeine Verwandtschaft. Vielleicht ist es aber auch nur ein ausgeprägter Hang ins Tiefe und Dunkle. Von dem trage ich wohl selbst genug in mir. Meine Träume halten mich wach. Jemand Liebes sagte mir einmal, ich sei ein Abgrundsgefäß.

Wie dem auch sei, ich begann meine Fühler nach der duftenden, hässlichen Blume auszustrecken. Begierig einen Blick in die Seele eines sich selbst verleugnenden Krüppels zu werfen, einen Blick in den Abgrund.

Kümmerliche Versuche waren es zuerst. Ich lächelte Kirsten an, wenn sie den Klassenraum betrat und zu ihrem Platz trippelte. Ich sagte „Hallo", wenn ich ihr auf dem Schulhof wie zufällig über den Weg lief. Lange erwiderte sie nichts. Drehte sich sogar empört weg. Wie konnte ich es wagen, *sie* anzusprechen? Sie stand doch weit über mir. Coole, hippe Kopfverdreherin, die sie war. In Wahrheit war ihr Hochmut natürlich nichts anderes als eine Schutzschicht, die sie über viele Jahre um sich aufgebaut hatte. Zweifellos war sie seit ihrer frühsten Kindheit das Objekt demütigender Hänseleien gewesen. Kinder sind grausam, weil sie noch nicht gelernt haben, das Offensichtliche zu übersehen. Ihr Spott ist stechend. Man schützt sich vor Mückenstichen, indem man die Haut unter Schichten aus Kleidung versteckt. Mit der Seele geht es genauso. Wie Kirsten ihre Akne unter Make Up verbarg, so verbarg sie ihre verwundete und verwundbare Seele hinter einer Fassade aus frecher Arroganz.

Meine zähen Versuche blieben indes nicht ohne Erfolg. Nach einiger Zeit taute sie auf. Knapp erwiderte sie meinen Gruß – nicht immer, aber gelegentlich. Und schließlich redeten wir die ersten Sätze miteinander. Über einen Lehrer oder eine Schulaufgabe, deren Fragen viel zu schwer waren. Oder sonst etwas alltägliches und im Grunde belangloses.

Nach ein paar Wochen entwickelten sich die ersten Gespräche. Einige Sätze nur, die zwischen unseren Bänken hin und her gingen. In den Minuten zwischen den Stunden. Dabei sprach sie mich nie direkt an, sondern redete nur so in meine Richtung. Gewiss fürchtete sie, vor den Kopf gestoßen zu werden. Deshalb diese sonderbare Art, mit mir zu reden, als meinte sie eigentlich jemand anderen. Aber auch das wurde besser. Ich bin ein guter und geduldiger Zuhörer. Und das machte Kirsten Mut. Sie wurde immer zutraulicher.

Ihre Verkleidung setzte sich im Innern fort. Kirsten redete über Mode, Trends, Musik. Schreiend bunte Dinge aus der Glitzerwelt einer Jugendkultur, die nur im Fernsehen und diversen Magazinen existierte. Eine irre Strasssteinfantasie, die nichts, aber auch gar nichts mit der Wirklichkeit zu tun hatte. Und zu der sie nie gehören würde. Die Glitzerwelt der Jugend, wo es sie denn für einen oder zwei Sommer gibt, ist den Schönen und Gesunden vorbehalten. Ein exklusiver Club, zu dem alle berufen sind, in den aber nur wenige eingelassen werden.

Ich hörte Kirsten geduldig zu. Fragte nach, kommentierte, stimmte zu, wo ich es für angemessen hielt. Einmal widersprach ich ihr in etwas. Ein Lapsus, eine Unbedachtheit meinerseits. Vermutlich fand ich den Sänger einer gerade die Spitze der Charts stürmenden Boyband nicht total süß oder so etwas. Was es auch war, am folgenden Tag strafte Kirsten mich mit eisigem Schweigen. Es war wieder wie am Anfang zwischen uns. Kein Wort, nicht einmal eines Blickes würdigte sie mich. Doch auch das legte sich bald wieder. Gewiss vermisste sie ihren geduldigen Zuhörer. Wer sonst hörte ihr zu? Aber da war noch mehr. Sie musste sich fragen, warum ich überhaupt mit ihr sprach. Hatte sie mein romantisches Interesse geweckt? War ein Funken aus der bunten Glitzerwelt am Ende in ihrer Welt gelandet?

Natürlich war es das. Ich spürte es. Mit dem Instinkt des Raubtiers, das den Geruch seiner Beute aufgenommen hat. Einen penetranten Blumengeruch in ihrem Fall. Und wie hätte es auch anders sein können? Wir waren jung und unsere Sehnsüchte regierten uns. Und ich taugte dazu, Gegenstand einer solchen Sehnsucht zu sein. Wenn ich auch nicht den modischen Trends jener Tage folgte, so war ich doch gut aussehend und meine stille Art hatte schon in der Vergangenheit den einen oder anderen langhaarigen Kopf verdreht. Es war leicht, sich in mich zu verlieben.

Unsere „Freundschaft" reifte. Langsam aber beharrlich. Es war eine einseitige Freundschaft. Natürlich. Denn ich konnte in ihr nichts Liebenswertes entdecken, so sehr ich mich auch bemühte. Alles, was mich antrieb, das Spiel fortzusetzen, war ein quasi wissenschaftliches Interesse an dieser tragisch-komischen Gestalt aus der Unterwelt. Und die Chance am Ende einen Blick in den Abgrund werfen zu können, der unter all den Schichten aus Make Up und gespielter Arroganz liegen musste.

Wenn es sich ergab, fragte ich sie nach ihren Eltern, ihrer Kindheit. Doch was die Umstände ihres Lebens anging, war sie sehr verschlossen und wortkarg. Das war es also. Ich war bis zum Weichen vorgestoßen. Irgendwann brachte ich sie soweit, dass sie mir von ihren Eltern erzählte, d.h. von ihrer Mutter. Denn einen Vater gab es nicht. Der war noch vor ihrer Geburt verschwunden. Hatte die Schwangere in einer Zwei-Zimmer-Hochhauswohnung am Stadtrand zurückgelassen. Kirstens Mutter war arm. Ich erfuhr, dass sie schwerbehindert war und von staatlichen Zuwendungen lebte. Was ihre Behinderung war, erfuhr ich nicht. Mit einer Mauer des Schweigens umgab Kirsten dieses Geheimnis. Schützte das Weiche, Empfindliche. Ich ließ es vorab damit bewenden.

Unser Verhältnis stagnierte nach einiger Zeit. Es war nun am mir, zu geben. Ich musste ihr den Weg ebnen, sich mir weiter zu öffnen. Die alte Angst abgelehnt zu werden, machte ihr zu schaffen. Ich musste ihr diese Angst nehmen.

Also begann ich, den leicht Verliebten zu spielen. Ich tat es auf eine diskrete und unverbindliche Weise, die uns beiden diverse Rückzugsmöglichkeiten ließ. Mit einem simplen Verweis auf Unwissen oder Missverstehen hätten wir uns jederzeit leicht aus der Affäre ziehen können. Das heißt, ich konnte mich leicht aus der Affäre ziehen, ohne sie dabei in Verlegenheit zu bringen. Ich wollte nicht das Ungeheuer sein, das einem Mädchen das Herz bricht, nur weil es in seiner Macht steht oder weil es etwas will, das sich nur so bekommen lässt. Ich wollte nichts von Kirsten außer einen flüchtigen Blick in den Abgrund, aus dem sie gekommen und dessen Geschöpf sie war.

Das erste Halbjahr neigte sich seinem Ende zu. Kirsten eröffnete mir, dass sie die Schule verlassen würde. Ihre Noten waren schlecht und jede Chance, zum Abitur zugelassen zu werden, vertan. Als wäre es eine Belanglosigkeit erzählte sie mir von etwas, das für jeden anderen in ihrer Situation eine ausgemachte Katastrophe gewesen wäre.

„Du kannst wiederholen," schlug ich vor.

„Nein, das kann ich nicht," sagte sie. Aber sie schien etwas anderes zu meinen.

„Lass uns am Freitag ausgehen und feiern," sagte ich plötzlich. Ich weiß nicht, was mich in diesem Moment überkam. Und ich bereute meine Worte, noch während ich sie aussprach. Aber nun war es heraus und mich konnte nur noch retten, wenn sie ablehnte.

Sie lehnte nicht ab.

„Klar, lass uns ausgehen," erwiderte sie eifrig. „Ich hol dich ab. Ich hab ein Auto."

Ich wusste nicht, dass sie ein Auto hatte. Wie die meisten von uns, kam sie mit dem Bus zur Schule.

„Ok," sagte ich. „Vielleicht um sechs? Ich wohne da und da…"

„Klar, ich freu mich." Sie lächelte mich an. Oder versuchte es zumindest. Ihr Überbiss wölbte die Lippen grotesk hervor. Dann drehte sie sich schnell um und sprach den restlichen Tag kein Wort mehr mit mir. Vielleicht um zu verhindern, dass ich es mir anders überlegte.

Was hatte ich nur getan? Allmählich

dämmerten mir die Implikationen meines unbedachten Vorstoßes. Und was mir heute lächerlich scheint, machte mir damals ziemlich zu schaffen. Was, wenn sich herumspräche, dass wir miteinander ausgegangen waren, ich und das Trollweib? Oder noch schlimmer: Was, wenn jemand uns zusammen in der Stadt sähe? Was würde man über mich denken? Was würden die anderen Mädchen über mich denken? Mit mir musste ja wohl irgendetwas nicht ganz in Ordnung sein, wenn ich mich dem hässlichsten und arrogantestem Ding in unserer Klasse, Klassenstufe, vielleicht der ganzen Schule antragen musste.

Ich überlegte mir, die ganze Sache abzublasen, wusste aber gleichzeitig, dass ich es nicht über mich bringen würde. Wie gesagt, ich wollte nicht das Ungeheuer sein, dass ein Herz ohne Not bricht. Auch ich habe Weiches in mir.

Die folgenden Tage sprachen wir kaum miteinander. Nur ein paar kurze Blicke oder ein flüchtiges Hallo. Das war alles, was ich von ihr bekam. Aber ich konnte sehen, dass sie mich mit einer Mischung aus Scheu, Unglauben und Gier beobachtete. Diese Empfindungen spiegelten sich in ihrem Mäusegesicht überdeutlich wider. Doch da war noch etwas. Hoffnung vielleicht? Liebe?

*

Dann kam der Freitagabend. Pünktlich im sechs klingelte es. Ich fragte mich, ob ich sie zuerst in meine Wohnung bitten sollte, verwarf die Idee aber sogleich. Zwei Geister stritten in meiner Brust. Auf der einen Seite war da die diabolische Lust, die Sache weiter und immer weiter zu treiben, nur um zu sehen, was geschehen würde. Jetzt, wo es keinen Ausweg mehr gab, gab es auch keinen Grund mehr, Zurückhaltung zu üben. Auf der anderen Seite wollte ich diese peinliche Geschichte so schnell und diskret wie möglich hinter mich bringen und dann vergessen. Was hatte ich mir nur dabei gedacht? Ich war zu weit gegangen.

Die Zurückhaltung gewann. Schadensbegrenzung war das Gebot der Stunde. Den Ball niedrig halten und so was. Ich zog meine Jacke über und verließ das Haus. Ihr Wagen, ein verbeulter Opel, stand mit laufendem Motor vor der Türe. Ich stieg ein. Der Blumenduft war so intensiv, dass er mir die Kehle zudrückte.

Reiß dich zusammen, sagte ich mir. Und ich riss mich zusammen.

„Na," sagte ich.

„Halloooo," erwiderte Kirsten euphorisch und aufgeregt.

„Dein Auto?"

„Nein, gehört meiner Mutter. Aber ich kann ´s mir leihen, wie ich will."

„Cool."

„Ohhhh jahhhh."

„Ok, hm, worauf hast du Lust?" fragte ich.

„Ich weiß nicht. Was denkst du?"

„Wir könnten was essen gehen. Ich hab Hunger."

„Ok, klar."

„Hier um die Ecke gibt's ne nette kleine Pizzeria," schlug ich vor. Die nette, kleine Pizzeria, die ich meinte, war ein Lieferservice mit einem winzigen Gastraum. Zwei Tische waren dort aufgestellt, deren Plastikoberflächen fettig glänzten. An einem saß beizeiten ein Penner und trank Dosenbier. Kein besonders romantischer Ort. Aber dort würde ich sicherlich keinen meiner Bekannten begegnen – es sei denn besagtem Penner.

Zu meiner Überraschung lehnte Kirsten ab.

„Ich weiß was besseres," sagte sie und nannte eine In-Kneipe im Studentenviertel, die mit vorliebe von Mädchen aus der Oberstufe frequentiert wurde. Solche Mädchen nannten wir voller Neid „Studentenfutter." Und träumten mit knirschenden Zähnen von den Tagen, wenn uns einmal die hübschen Dinger nachlaufen würden.

„Ja, das ist doch ziemlich teuer da. Ich hab nicht soviel," versuchte ich mich raus zu reden.

„Ich lad dich ein," sagte sie und ohne auf eine Antwort zu warten, legte sie den Gang ein und fuhr los.

Die Götter hatten sich zweifellos gegen mich verschworen. Nicht nur war das obligatorische Studentenfutter in großer Zahl anwesend, wir bekamen auch noch einen prominenten Platz für zwei am Fenster. Eine Kerze brannte zwischen uns. Und im Fensterglas spiegelten sich unsere Profile in zärtliche Halbschatten getaucht. Ihre Nase wirke monströs. Wie eine Speerspitze, die auf mein Gesicht zielte. Ihre tiefe Kopfhaltung erzeugte den Eindruck als würde sie sich die ganze Zeit zu mir vorbeugen. Es war furchtbar. Natürlich sahen mich ein paar Mädchen aus meiner Klasse. Sie grinsten höhnisch und tuschelten so eifrig miteinander, dass sie nicht mal mehr Augen für die Studis hatten, die sie freihielten.

Wir bestellten etwas zu essen und zu trinken. Und bei Gott, ich beschloss zu trinken! Was blieb mir sonst übrig? Selbst der Kellner konnte sich ein Grinsen nicht verkneifen. Ich war erledigt, hatte mich zum Gespött gemacht und meine Chancen, beim Abschlussball bei einer meiner Mitschülerinnen zu landen, waren nun gleich Null. Solche Gedanken gingen mir durch den Kopf. Und tatsächlich ging ich an jenem großen Abend einige Monate später leer aus und schlief die Nacht alleine.

Karma.

Ich wusste, dass Kirsten nicht reich war. Trotzdem bestellte ich mehrere Gläser Wein, während sie den ganzen Abend an einer kleinen Cola nuckelte. Es war nicht ihre Schuld, dass ich mich zum Affen gemacht hatte, sicher. Aber das war mir ganz egal. Kleine Kinder sind grausam. Und junge Männer sind nicht viel anders. Ich war frustriert und zornig. Und Kirsten bekam meine Laune voll zu spüren. Ich gähnte, wenn sie zu erzählen begann, sah mich gelangweilt um oder sagte ihr ins hässliche Gesicht, dass mich ihre Bravo-Konversation wirklich nicht interessierte.

Da wurde sie immer stiller und stiller. Und ihr Ausdruck wurde immer trauriger. Schließlich fingerte sie ein mit Strass besetztes Portmonee aus ihrer mit Strass besetzte Mini-Handtasche, in der kaum genug Platz für ihre Börse und einen Lippenstift war, und bezahlte.

Als wir draußen waren und die kühle Nachtluft mir den Kopf klärte, tat mir mein Verhalten plötzlich unendlich leid. Was konnte sie dafür, dass ich mich für sie schämte? Ich hatte sie eingeladen. Ich hatte dieses bizarre Spiel begonnen, unter dem wir nun beide zu leiden hatten. Es war schwer anzusehen, wie sie vor mir herging. Mit trippelnden, ungelenken Schritten in den so ungewohnten hochhackigen Schuhen, die sie doch nur trug, um mir zu gefallen. Ihr Kopf schien noch etwas tiefer als sonst zwischen die Schultern gesunken zu sein. So als erwarte sie jeden Moment einen Schlag auf den Rücken zu bekommen. Ich schämte mich vor mir selbst.

„Was bist du doch für ein Arschloch," warf ich mir vor.

Schweigend fuhren wir zurück zu meiner Wohnung. Sie hielt an. Der Motor lief.

„Ich will mich entschuldigen," begann ich.

Sie sagte nichts, sah mich aber erwartungsvoll an.

„Ich hab mich schlecht benommen. Das wollte ich nicht."

Plötzlich hellten sich ihre Züge auf.

„Ach, schon ok," zwitscherte sie, als wäre nichts gewesen.

Ich lächelte schwach. „Weißt du, dass ist das Abi. Die scheiß Lernerei und alles. Total stressig."

„Jaaaaa, bin soooo froh, dass ich das hinter mir habe," meinte sie.

„Ja, also, wenn du willst, kannst du dir meine Bude ansehen. Wir können noch nen Schluck trinken und quatschen," sagte ich und verfluchte erneut mein weiches Herz und den Wein, der mir anscheinend schon viel zu hoch in den Kopf gestiegen war.

„Ok," sagte sie kurzerhand.

„Scheiße," murmelte ich, nachdem sie ausgestiegen war. „Verdammte Scheiße, was mach ich da nur?"

*

92

Ich stieg die Treppen zum zweiten Stock, wo meine 1-Zimmer-Wohnung lag, sehr langsam hoch. Ich brauchte die Zeit, mir einen Schlachtplan zurechtzulegen. Einerseits wollte ich wiedergutmachen, wie ich mich Kirsten gegenüber verhalten hatte. Ich wollte ihr ein gutes Gefühl geben. Auf der anderen Seite aber musste ich verhindern, dass die Dinge zu weit gingen – um unserer beider Herzen willen.

Warum sabotierte ich mich nur die ganze Zeit? Was war denn los mit mir? Vielleicht wirklich das anstehende Abi. Die scheiß Lernerei. Total stressig. Idiot.

Wir setzten uns auf die Couch. Ich machte Musik an. Köpfte eine Flasche billigen Roten, den ich noch im Kühlschrank hatte. Sie bekam das Weinglas, ich trank aus der Tasse. Wir stießen an. Hier im Schutze meiner eigenen vier Wände war ich viel entspannter.

„Tut mir leid, wie ich mich benommen habe," wiederholte ich.

„Schon gut," meinte sie. Und nippte. Mit ihrer langen Nase im Glas erinnerte sie mich an den Raben Hans Hinkebein von Wilhelm Busch.

„Was machst du denn, wenn du abgehst?" fragte ich.

„Hm, ich weiß noch nicht. Vielleicht ne Ausbildung."

„Und als was?"

Sie zuckte die Schultern.

„Und du? Studierst du?"

„Erst mal das Abi schaffen."

„Wenn du es geschafft hast, mein ich."

„Ich schätze schon. Keinen Bock auf Arbeit. Bin kein Frühaufsteher."

„Haha. Und weißt du schon, was du

studieren willst? Medizin vielleicht?"

„Medizin? Gewiss nicht. Numerus clausus und so. Ich bin schon froh, wenn die mir den Schein geben."

„Schade," sagte sie enttäuscht.

Das erste Mal seit wir uns kannten, entspann sich so etwas wie ein richtiges Gespräch. Wir redeten nicht über irgendwelche Belanglosigkeiten, sondern über Dinge, die uns wichtig waren. Unsere Hoffnungen und Träume, unsere Sorgen und Ängste. Wir zeigten uns die Narben, die das Leben uns geschlagen hatte. Tiefe Narben und eitrige Wunden, die wohl nie ganz heilen würden.

Wie ich erwartet hatte, war Kirstens Leben bislang alles andere als gut verlaufen. Seit sie zurückdenken konnte, war sie wegen ihres Äußeren gehänselt worden. Sie erzählte mir auch von einer Reihe schmerzhafter Operationen. Während ihrer ersten zehn Lebensjahre war sie ein regelmäßiger Gast im Krankenhaus gewesen. Irgendetwas mit ihren Knochen, ihrem Rücken. Sie ging nicht zu sehr ins Detail und ich fragte auch nicht weiter nach. Das Thema war ihr unangenehm und ich stark angetrunken.

Wir ließen die OP-Tische hinter uns und flogen auf Bacchus´ Schwingen in die Gegenwart zurück. Ins Hier und Jetzt. Zu zwei jungen Menschen, die ganz allein beisammen saßen. Und die einander ihre Herztore geöffnet hatten. Mein Kopf glühte und Kirsten, mittlerweile beim zweiten Glas angekommen, rückte langsam näher. Wie zufällig berührte sie meine Hand. Ihre Finger waren eiskalt.

„Hast du eine Freundin?" fragte sie.

Die Frage kam wie aus dem Nichts. Traf

mich unvorbereitet. Und so verspielte ich eine weitere Chance, uns...mich aus jener seltsamen Lage zu befreien, in die mich mein Übermut gebracht hatte. Ein einfaches „Ja, ich habe eine Freundin" hätte alles gerichtet. Eine bittere Enttäuschung, eine zerstörte Hoffnung, ja, aber wir beide hätte unser Gesicht wahren und unbeschädigt auseinander gehen können.

Doch ich antwortete wahrheitsgemäß: „Nein, bin Single".

„Ha," rief sie entzückt aus.

„Hast du einen Freund?" fragte ich hierauf. Ich hätte mir die Zunge abbeißen können. Warum trieb ich die Sache nur auf die Spitze? Ich hatte die Kontrolle verloren. Das Trollweib zu fragen, ob sie vergeben war... Eine lächerliche, fast beleidigende Frage. Doch die Regeln des Spiels, die Regeln dieses Abends, denen ich gegen meinen Willen folgte, verlangten, dass ich sie stellte. Immerhin spielte ich ja den Interessierten.

„Gerade nicht. Hab mit meinem Ex erst letzte Woche Schluss gemacht. Er studiert Medizin und ist nach München gegangen. Eine Fernbeziehung kommt für mich einfach nicht in Frage," log sie mir ins Gesicht.

Offensichtlich mochte sie Mediziner. Das war verständlich, so viel, wie sie von den Göttern in Weiß bereits gesehen hatte.

„Hm."

Plötzlich rückte sie noch näher. Ihr penetranter Blumenduft vernebelte mir die Sinne. Puffgestank.

„Ich bin zu haben," sagte sie leise mit schmachtend-leidendem Blick.

„Oh. Ok."

„Ich find dich ziemlich nett," sagte sie. Und

die Regeln, die verdammten Regeln geboten, dass ich etwas ähnliches erwiderte, was ich mit hochrotem Kopf auch tat.

„Ich find dich auch ganz nett."

Zu diesem Zeitpunkt glaubte ich, alles wäre vorbei. Ich hatte eine Lawine ist Rollen gebracht, die mich nun unter sich begraben würde. Ich kam mir vor wie ferngesteuert. Ich wollte nicht mit ihr schlafen, gewiss nicht. Aber alles lief darauf hinaus, dass das nun geschehen würde und zwar bald. Es war der unvermeidliche nächste Schritt. Unwillkürlich hatte ich alles getan, dass es soweit kommen musste. Blind war ich jenem animalischen Liebesinstinkt gefolgt, der alle jungen Männer beherrscht, bis sie sich ihre Hörner abgestoßen haben. Die Vorstellung mit Kirsten zu schlafen, ja nur sie anzufassen, stieß mich zwar ab. Aber, wie gesagt, der Sexualtrieb ist in jungen Männer übermächtig und nachsichtig zugleich. Außerdem war ich stark angetrunken. Doch nicht stark genug, um die Konsequenzen völlig ausblenden zu können. Denn was käme danach? Aller Wahrscheinlichkeit nach war sie Jungfrau. Das war ein ernstes Problem. Denn ich wollte nicht das Schwein sein, dass sie entjungfert und dann sitzen lässt. Das war eine Frage des Anstands. Aber da war noch etwas anderes. Die Sache reichte tiefer. Es mag arrogant klingen, aber ich wusste, ich war das beste, was ihr je im Leben widerfahren würde. Wie grausam wäre es, in ihr die Illusion zu erzeugen, dass sie jemanden wie mich ernsthaft zum Freund, ja Liebhaber haben könnte? Grausam, sehr grausam. Es ist leichter einen Mangel zu ertragen, dessen Befriedigung man nicht kennt. Wer nie satt war, trägt den Hunger mit größerem Gleichmut.

Das arme Ding…Sie zitterte. Voller Angst zurückgestoßen und voller Sehnsucht, von mir in den Arm genommen, geküsst, geliebt zu werden.

Sie rückte noch näher. Ihre Hand berührte meine Wange. Ihre Finger waren noch immer eiskalt.

„Ich glaub, ich hab mich in dich verliebt," sagte sie leise. Ohne mich anzusehen. Ihr Blick war gesenkt. Ein demütiger Blick. Der Blick eines Gläubigen, der bebend vor das Angesicht seines Gottes tritt. So dachte ich, angetrunken wie ich war. So dachte es in mir. Ich bin wie ein Gott. Das war ein berauschendes und zugleich sehr unangenehmes Gefühl. Denn wie Gott war ich nun verantwortlich für meine Kreatur. Ihr Schicksal, ihr Glück ruhte in meinen Händen.

„Ok, ähm," stammelte ich.

„Bitte schlaf mit mir," hauchte sie. Ihre Hand flog auf meine Brust. Die Hackennase kam auf mich zu. Ich konnte grobe Poren unter dem Make Up erkennen.

„Bitte, schlaf mit mir," wiederholte sie. Ihr Flehen war herzerweichend und verwirrend. Normalerweise waren wir es, wir jungen Herren der Schöpfung, die um körperliche Zuwendung flehen und betteln mussten. Wir mussten uns auf den Kopf stellen, nur um einen Kuss oder eine flüchtige Berührung der Brüste zu erhaschen. Und nun saß da dieses Mädchen mit seiner riesigen Hackennase neben mir und flehte mich an und….ich konnte nicht, wollte nicht, durfte nicht. Um keinen Preis.

Ihre eisigen Finger fanden zurück zu meiner Wange, dann zu meiner Stirn, meinen Ohren. Mit sanfter Gewalt zog sie mein Gesicht zu sich. Unsere Lippen näherten sich. Ihre Augen waren geschlossen. Meine weit aufgerissen. Entsetzt sah ich die Spuren von Akne unter ihrem Make Up. Aus der Nähe glich ihr Gesicht einer Kraterlandschaft. Der Mond stürzte auf mich.

„Das ist keine gute Idee," sagte ich so freundlich wie möglich. Und drückte sie wenig freundlich zurück. Aber sie klammerte sich förmlich an mich.

„Nein, bitte, bitte," sagte sie.

„Nein!" erwiderte ich heftiger als ich wollte. Es war das laute und bestimmte „Nein", das vor Missbrauch schützen sollte.

Sie öffnete die Augen. Ihre Augen schimmerten feucht. Dann begann sie zu weinen. Ihr Make Up verlief. Schwarze Flüsse zogen sich durch die Kraterlandschaft ihrer Wangen.

„Du kannst mit mir alles machen, was du willst," flehte sie. „Wirklich alles."

Einen Augenblick, einen winzigen Augenblick nur, durchschossen grausige Möglichkeiten mein alkoholerweichtes Hirn. Sie meinte, was sie sagte. Sie war bereit, sich mir...zu opfern. Wäre ich ein böser Gott gewesen, ein blutrünstiger Moloch, hätte ich dieses Opfer, so gering es auch war, vielleicht angenommen und meinen Willen mit ihr gehabt. Aber ich war kein böser Gott. Ich war überhaupt kein Gott. Ich war nur ein dummer Junge, der aus Neugier und Übermut einen Streich zu weit getrieben hatte, unter dem nun eine Unschuldige leiden mussten.

„Du musst jetzt gehen," sagte ich. Ich zwang mich, hart zu klingen. Ich stand auf und wankte zur Türe. „Du musst gehen."

„Du Arschloch! Ich hoffe ich sehe dich nie wieder!" rief sie zornig, enttäuscht, frustriert. Ihr Aufbrausen machte es mir leichter. Hätte sie weiter geweint und mich angebettelt, ich hätte nachgegeben und dann...wer weiß was dann. Eine kurze, peinliche Episode, die alles nur noch schlimmer gemacht haben würde – für mich, vor allem aber für sie.

„Du musst jetzt gehen," sagte ich zum dritten mal. Wie bei einer Austreibung. Apage Satanas. Apage Satanas. Apage Satanas. Nur das der Satan in diesem Fall in seiner Wohnung hocken blieb, während die Besessene ausgetrieben wurde.

Hastig raffte sie ihre Sachen zusammen und trippelte hinaus. Atemlos wartete ich, bis ich sie wegfahren hörte. Dann trank ich noch einen Schluck und legte mich hin. Natürlich fand ich keine Ruhe. Unablässig kreisten meine Gedanken um diesen Abend. Und um sie, das hackennasige Mädchen, das ich halb mutwillig, halb aus Versehen in mich verliebt gemacht und dann von mir gestoßen hatte. Armes Ding. Was für eine Sauerei. Ich hatte ihr angetan, wovor sie sich am meisten fürchtete. Sie hatte sich mir geöffnet, vielleicht dem ersten Menschen seit langer Zeit. Und ich hatte sie gedemütigt. Sie grundlos verletzt. Aus einer Laune heraus, die sich verselbstständigt hatte. Aus der Lust eines Kindes, ein wehrloses Tier zu quälen.

Ich fühlte mich furchtbar. Schuldig. Schmutzig. Wie damals auf dem Schulhof, wo ich auf Roderich losgegangen war. Ich hatte einem Anspruch, den ich an mich stellte, nicht genügt. Hatte mich selbst als jemand entlarvt, den ich zutiefst verabscheute. Ich war ein Schwein.

Dabei fand ich es immer geradezu abstoßend, wenn meine Altersgenossen damit prahlten, wie sie mal wieder „eine" erst abgefüllt und dann geknallt und dann sitzengelassen hatten. Vieh, dachte ich, das sich über Vieh hermacht. Scheusale, die unbedacht auf den Gefühlen ihrer Mitmenschen herumtrampeln. Widerlich. Ich dachte, ich wäre besser. Nun, ich war es nicht. Vielleicht war ich sogar noch schlimmer. Mein Opfer hatte mir vertraut und ich hatte es verführt. Eine wahrhaft kierkegaardsche Krise, in die ich mich da hineinmanövriert hatte. Mir blieb nur die Hoffnung, mein missglücktes Abenteuer irgendwann vergessen zu können, und der Trost, dass wir uns wohl bald nie wieder sehen würden.

*

Doch wir sahen uns wieder.

Etwa zehn Jahre später in einem Discount-Supermarkt in der Nähe der Hochhaussiedlung am Stadtrand. Natürlich konnte ich nicht ahnen, dass Kirsten dort wohnte. Noch immer dort wohnte. Bei ihrer Mutter. In einer Zwei-Zimmerwohnung. Ich hatte sie überhaupt vergessen, meine hackennasige Freundin. Sie war eine kleine, düstere Gestalt in einem tiefgelegenen Teil meiner Erinnerung geworden. Der Schatten eines Schattens.

Kirsten hatte sich sehr verändert. Ich erkannte sie nicht sofort.

Auch ihre Mutter war da. Ich wusste natürlich nicht sofort, dass es ihre Mutter war. Doch als ich es begriff, warf ihre Anwesenheit ein grässliches Licht auf das Leben ihrer Tochter. Ich verstand plötzlich, verstand alles. In diesem einen Bild, den beiden Frauen in einem Billigsupermarkt im Hochhausviertel in einer seelenlosen Großstadt, spielte sich eine Tragödie ab, die mir beinahe das Herz brach. Ich bekam, wonach ich zehn Jahre zuvor gesucht hatte. Hier war mein Blick in die Unterwelt.

Kirstens Mutter schob einen Einkaufswagen oder genauer: hielt sich an ihm fest. Ihr Oberkörper stand fast im rechten Winkel zu ihren Beinen. Sie musste ihren Kopf in den Nacken legen, um nach vorne sehen zu können. Ihr schmutzig graues, stark verfilztes Haar fiel über Wangen und Ohren seitlich am Hals herab. Die Wirbelsäule zeichnete sich wie ein versteinerter Wurm unter dem T-Shirt ab. Sie war grotesk verbogen und formte einen monströsen Buckel.

In genau dieser Haltung fand ich auch Kirsten. Sie ging hinter ihrer Mutter. Der einzige Unterschied zwischen den beiden war ihre Haarfarbe und die Größe des Buckels. Kirsten ging ein klein wenig aufrechter als ihre Mutter. Und ihre Haare waren in einem Bronzeton gefärbt. Ein Trend des vergangenen Jahres.

Ich war nicht der einzige, der die beiden Hexen, die aus einem Bilderbuch gesprungen zu seinen schienen, anstarrte. Man konnte gar nicht anders, so absurd und abstoßend und zugleich mitleiderregend war ihr Anblick.

Erst als sie etwas zu ihrer Mutter sagte, erkannte ich Kirsten. Es war dabei weniger ihre Stimme als die Weise, wie sie sprach. Jener schneidende Ton hochmütiger und völlig substanzloser Arroganz.

„Geh doch weiter," zischte sie, als eine Lücke vor ihnen entstanden war. Ihre Mutter bog den Hals zurück und schob den Einkaufswagen ein paar Schritte weiter.

Aus Versehen trafen sich unsere Blicke. Kirsten erkannte mich sofort wieder, das konnte ich sehen. Sie starrte mich aus ihren eng beieinanderliegenden Augen an. Eine endlos lange Sekunde blieben unsere Blicke ineinander verschlungen. Ich erinnerte mich an unseren Abend. Scham überkam mich. Und Grauen. Sie musste schon damals gewusst haben, was ihr blühte. Ihre Zeit war bemessen gewesen. Darum war ihr auch der Schulabgang so leicht gefallen. Sie wusste, sie würde nie studieren, keinen Beruf ergreifen, keine Familie gründen. Solange ihre Mutter lebte, würde sie mit ihr zwei Zimmer eines Hochhauses am Stadtrand bewohnen. Und danach...trostlose Einsamkeit. Ich war ihre einzige Chance gewesen, die Freuden der Liebe zu erfahren. Ihren Traum von der Glitzerwelt Wirklichkeit werden zu lassen. Der hübsche Kerl, der einen mit verliebten Augen ansieht. Der einen küsst. Umarmt.

„Ich liebe dich, Kirsten."

„Ich lieb dich auch. Oh, wie ich dich lieb hab."

Doch ich hatte sie zurückgestoßen. Ihren Antrag, den ich selbst provoziert hatte, kaltblütig abgewiesen.

„Du musst gehen."

Apage Satanas.

Was dachte sie wohl damals? Was fühlte sie? Und was sah sie in mir? Einen Engel oder einen Dämon? Oder beides?

Apage Satanas.

Ich tat so, als hätte ich sie nicht erkannt. Wandte mich ab. Ich fühlte mich schmutzig. Und schuldig. Ein vager Duft von billigem Parfüm stieg mir in die Nase.

Apage Satanas.

Die Frau in Schwarz und das Kind in Weiß

Als ich studierte, sah ich nicht jeden Tag, aber doch oft, eine schwarzgekleidete Frau, die einen altmodischen Kinderwagen in die Straßenbahn schob. Ihr Erscheinungsbild machte es unmöglich, sie zu übersehen. Denn wie ihr Kinderwagen zweifellos ein Relikt aus dem vergangenen Jahrtausend war, so auch ihr Outfit. Es glich dem der Marry Poppins aus dem 60er Jahre Disney Film. Sie trug ein langes, schwarzes Kleid mit weißem Spitzbesatz an Ärmeln und Hals. Dazu einen Damenhut mit breiter Krempe und weißem Band. Und schwarze Lackstiefel, von denen nur die Spitzen unter den Säumen herauslugten. Und eine gestrickte Brustweste. Der Kinderwagen bestand aus einem dünnen Metallgestell auf hohen Reifen und einem wuchtigen Bastkorb, über dem sich ein Dach aus dickem, dunkelblauen Stoff spannte. Ein schönes Stück, wenn auch etwas unpraktisch, da sperrig. Die Frau in Schwarz musste ziemlich lange herum manövrieren, bis sie den vorgeschriebenen Platz in der Straßenbahn eingenommen und den Wagen gesichert hatte. Sie selbst setzte sich nie, auch wenn man ihr gelegentlich einen Platz anbot. Stattdessen blieb sie über den Wagen gebeugt stehen und redete beruhigend auf ihr Kind ein.

Es war schwer, das Alter der Frau in Schwarz abzuschätzen. Sie war sehr schlank und hochaufgeschossen, mit glatter Haut, ausgeprägten Wangenknochen, dunklen Augen, schmalen Lippen und spitzer Nase. Ein wahrhaft aristokratisches Erscheinungsbild. Elegant, aber auch antiquiert. Wie aus der Zeit gefallen. Eine russische Prinzessin.

Wie gesagt, es war schwer ihr Alter abzuschätzen. Sie hätte ebenso gut zwanzig wie fünfzig sein können. Allein die Tatsache, dass sie einen Kinderwagen schob, sprach für ihre Jugend.

Aber welche zwanzig oder dreißigjährige zieht sich so an? Vielleicht gehörte sie einer Sekte an? Ich wusste es nicht, aber meine Neugier war geweckt.

Und während ich die geflüsterten Bemerkungen der anderen Fahrgäste hörte, entwickelte ich ein Begehren nach der Frau in Schwarz. Dabei war es nicht nur die seltsame Weise, wie sie sich kleidete, die mich anzog. Sondern auch und vor allem die Tatsache, dass sie mit Kind war. Das schien mir noch seltsamer als ihre Kleidung. Und unendlich viel anziehender. Nichts erweckt in einem Mann größeres Verlangen, als der Anblick einer jungen Mutter, die alleine mit ihrem Kind unterwegs ist. Sexuelle Gier und der männliche Instinkt, das Verletzliche zu beschützen, schaukeln sich gegenseitig auf. Bei der Frau in Schwarz kam noch das prickelnde Interesse am Fremden, Unbekannten und Abgründigen hinzu. Ich war also ganz hin und weg.

Ich beschloss, sie anzusprechen. Aber ich wusste nicht genau wie. Es schien mir unpassend, sie einfach in der Straßenbahn anzuhauen. Peinlich für sie und für mich. Also blieb mir nur herauszufinden, wo sie hinging. Vielleicht fuhr sie mit ihrem Kind in einen Park, um dort spazieren zu gehen. Das gab Sinn.

Eines Tages ließ ich also meine Vorlesungen sausen und blieb in der Straßenbahn sitzen. Ich kam mir ein bisschen komisch vor, aber die Abenteuerlust obsiegte. Das Schöne an einer Großstadt ist, dass man weithin anonym ist. Es ist sehr leicht, sich in der amorphen Masse bewegender Leiber zu verstecken. Das eröffnet ungeahnte Spielräume.

Tatsächlich stieg die Frau in Schwarz in der Nähe des Stadtparks aus. Es war ein schöner Tag im Frühling, wenn das Licht besonders strahlend und hell ist. Sie schob ihren Kinderwagen über die Straße auf die schattigen Wege des Parks, der sich wie ein grünes Band um das Herz der Stadt legte. Ich folgte der Frau in Schwarz. Sie ging langsam und hielt sich sehr aufrecht. Wie eine Gestalt aus einem viktorianischen Roman. Das Kindermädchen eines reichen Hauses. Es fehlte gerade noch das Sonnenschirmchen. Immer wieder hielt sie inne und nestelte an ihrem Kind herum, rückte ihm wohl den Schnuller zurecht oder reichte ihm die Flasche. Ich kam näher. Hörte ihre Stimme. Sie war warm und sehr melodisch.

Ich wollte warten, bis sie sich hinsetzte, bevor ich meinen Angriff startete. Ich legte mir meine Worte zurecht. Ich musste behutsam vorgehen. Die Worte eines Gentlemans wählen. Unverbindlich herausfinden, ob es zum Kind einen Vater gab, der irgendwo mit Zylinder und Monokel wartete. Irgendwie hatte ich das Gefühl, dass dem nicht so war.

Die Frau in Schwarz ließ sich auf einer Bank vor einem Springbrunnen nieder. Sie nahm ihren Hut ab und streckte ihr Gesicht der Sonne entgegen. Ihre schwarzen Haare waren zu einem kunstvollen Dutt aufgesteckt. Nun war ich sicher, dass sie eher jung als alt war. Und sie war schön.

Sehr schön sogar. Wenn es auch eine kühle Schönheit, eine Frühlingssonnenschönheit war. Dann begann sie den Kinderwagen zu schaukeln. Ihre Augen waren geschlossen.

Das Plätschern des Springbrunnens verbarg meine Schritte. Ich näherte mich ihr von hinten. Pirschte mich an wie ein Raubtier an seine Beute. Ich fühlte mich großartig. Ich hatte Gänsehaut vor Aufregung. Meine Phantasie zeigte mir düster, schöne Bilder. Gab mir einen Vorgeschmack.

Ich ließ mich neben ihr nieder. Zum Glück gab es nur eine Bank in der Nähe, sonst wäre mein Vorgehen vielleicht etwas zu dreist gewesen. Sie sah mich kurz an. Ich lächelte und sie erwiderte mein Lächeln. Dieses unerwartet offene und einladende Lächeln ließ mich alle Zurückhaltung vergessen.

„Hallo," sagte ich.

„Hallo."

„Ein schöner Tag."

„Sehr schön sogar," sagte sie.

Ich wusste nicht, ob es angemessen war, sie zu duzen. Obwohl sie, wenn überhaupt, nur wenige Jahre älter als ich sein konnte. Aber ihr Kleid und die Art wie sie sich gab, machten mich unsicher.

„Kleiner Ausflug mit dem Kind?" fragte ich, jedes Personalpronomen meidend wie der Teufel das Weihwasser.

Sie nickte und drehte ihr Gesicht wieder der Sonne zu. Plötzlich stand sie auf, beugte sich über den Kinderwagen.

„Schhh, alles gut," sagte sie.

Schrie ihr Kind? Ich hatte nichts gehört. Es musste ein leiser Schrei gewesen sein, den der Springbrunnen übertönt hatte.

„Willst du raus? Aber ja, meine Kleine,"
sagte sie und begann sich an ihrem Kind zu
schaffen zu machen. Ich hörte immer noch nichts.
Auch nicht, als sie eine Strickdecke über den
Rand des Bastkörbchens hängte. Dann, ganz
vorsichtig, hob sie das Kind heraus.

Es war eine Puppe mit einem weißen
Porzellankopf, einem winzigen, knallroten Mund
und roten Backen. Die Puppe trug ein
altertümliches weißes Kleid, das zu einem guten
Teil aus Spitze bestand, sowie ein
Spitzenmützchen, das unter dem Kinn
zusammengebunden war. Seine kleinen Füße
steckten in winzigen Lackschühchen, die sehr
sorgfältig geschnürt waren.

Die Frau in Schwarz hielt ihr Kind in Weiß
unter der Brust und wog es sanft hin und her.

„Schon gut, ja, so ist es besser. Gefällt´s dir
hier nicht? Aber doch, ja…."

Ich stierte die Puppe an. Ihren winzigem
roten Mund. Die roten Backen. Und dann
betrachtete ich die Frau in Schwarz, die mir ein
fein gezeichnetes Profil zeigte. Sie war so schön,
dass es weh tat. Ich weiß nicht genau, was ich bei
diesem Anblick fühlte. Es musste eine
verwirrende Mischung verschiedener
überwältigender Empfindungen gewesen sein.
Erstaunen, Irritation, Faszination und anderes.
Auf jeden Fall sagte ich kein Wort, um nicht den
Zauber dieses Augenblicks zu stören. Ich war
ganz Auge, ganz Ohr. Die Frau in Schwarz sprach
mit der Puppe wie jede liebende Mutter mit ihrem
Kind gesprochen haben würde. Vielleicht, schoss
es mir durch den Kopf war dir Puppe der Ersatz
für ein Kind, das sie verloren hatte. Ja, vermutlich
war die Frau in Schwarz einfach ein bisschen irre.

Noch während ich noch darüber nachdachte, wandte sich die Frau in Schwarz mir zu. Sie lächelte etwas schüchtern.

„Kann ich dich um etwas bitten?" fragte sie. Wir waren also beim Du.

„Klar, was denn?" erwiderte ich überschwänglich.

„Kannst du sie einen Moment halten, während ich ihr Essen richte. Wenn ich sie jetzt zurück in den Wagen lege, haben wir Schreierei," meinte sie entschuldigend.

Ich schluckte. „Aber ja. Was soll ich tun…"

„Halt sie so wie ich."

Ich verschränkte die Arme. Und die Frau in Schwarz legte mir das Kind in Weiß in die Arme. Und es war sehr seltsam, doch in dem Moment, wo ich das Gewicht spürte und die Glasaugen mich ansahen, wurde mir warm ums Herz. Ich senkte den Kopf ein wenig und drückte das Bündel vorsichtig an mich. Dass das Kind warm und sicher läge. Und ich war sehr aufgeregt. Hoffentlich fängt es nicht zu schreien an, dachte es in meinem Herzen. Und dabei wusste mein Verstand doch, dass ich nur ein lebloses Spielzeug hielt.

Die Frau und Schwarz nahm mir das Kind in Weiß wieder ab.

Sie strahlte mich an.

„Danke."

„Klar," erwiderte ich.

Dann gab sie dem Kind in Weiß zu essen, indem sie ihm eine Himbeere auf die Lippen drückte und sie dann selber aß.

„Eins für dich, eins für mich. Eins für dich, eins für mich."

Einige Passanten kamen vorbei und sahen

uns seltsam an. Was wollten die nur, dachte ich. Aber die Frau in Schwarz schien das nicht weiter zu stören. Sie gab ihrem Kind, bis es satt war. Dann legte sie es zurück in den Kinderwagen.

„So, und jetzt mach noch ein Nickerchen. Gleich geht´s wieder nach hause."

Sie sah mich nochmal an. Fragend, wartend vielleicht. Dann schenkte sie mir ein letztes Lächeln und stand auf.

Ich blieb sitzen und sah den beiden nach, bis sie verschwunden waren. Dann steckte ich mir eine Zigarette an und spazierte gedankenvoll durch Park.

Veronika, der Schwanz ist da

Manchmal kommt es vor, dass zwei Geschöpfe der Unterwelt sich miteinander verbinden. Sie schließen einen unheiligen und unfruchtbaren Bund, unter dem sie letztlich beide leiden – der eine etwas mehr, der andere etwas weniger.

Arm wie ich war, hauste ich in einer heruntergekommenen Mietskaserne in einem heruntergekommenen Arbeiterviertel. Viele Geschöpfe der Finsternis nannten dieses Großstadtödland ihre Heimat. Ich sage „nannten." Denn heute blüht die Wüste von einst. Der Pfuhl ist zum In-Viertel verkommen. Die Mietskasernen mit ihren düsteren Stiegen sind entweder schick a lá Jugendstil renoviert worden oder mussten schneeweißen Neubauten mit bodentiefen Fenstern weichen.

Aber damals, in illo temporis, war noch alles heile Welt. Die Betrunkenen torkelten durch die Supermärkte, die Drogensüchtigen spielten auf den Spielplätzen und ich, damals ein Student der höheren Semester, ohne Aussicht auf ein Leben nach dem BAFÖG, war ganz Auge und Ohr für meine Umgebung.

In der Wohnung neben mir wurde umgezogen. Der pottrauchende Soziologe mit dem ich ab und an ein paar Worte gewechselt hatte, zog heim gen München. Zurück in den Schoß seiner bourgeoisen Eltern. Die besaßen eine Apotheke in Starnberg und hatten mehr Geld, als ihr Söhnchen je würde verbrauchen können – so zumindest ging die Rechnung meines stets sehr entspannten Nachbarn. Ich bedauerte seinen Wegzug nicht. Persönlich hatte ich zwar nichts gegen ihn. Aber ich gebe zu, ich war neidisch auf sein Geld, seine Sorglosigkeit und die spielerische Leichtigkeit, mit der er Woche für Woche andere, meist bildhübsche Mädchen anschleppte. Mein Neid war gelb und stinkend wie die Luft in seinen verrauchten Zimmern.

Die verwaiste Wohnung wurde ein paar Tage später von einem kleinen Teufel bezogen. Ich erfuhr nie seinen richtigen Namen. Daher nenne ich ihn der Einfachheit halber Ascalaphus. Er war kleinwüchsig, mit kurzen Beinen und Armen. Die Augen waren stets zu Schlitzen verengt und er trug ein schmieriges Grinsen im Gesicht, das mir kalte Schauer über den Rücken laufen ließ.

Ascalaphus grüßte stets freundlich. Überfreundlich sogar. Dabei bediente er sich eines Wortschatzes, der weder zu seinem jungen Alter noch zu dem Jahrhundert passte, in welchem wir lebten.

„Na, Herr Nachbar, wie jeht´s, wie steht´s? Wird jewiss n´ schöner Tach, denken se nich och?"

„Klar."

„Na, dann machen se´s ma´ jut, Herr Nachbar!"

„Sicher."

Obwohl er eine Kreatur der Schatten war, mochte ich Ascalaphus nicht. Er war mir sogar zutiefst unsympathisch. Etwas tierhaft Brutales verbarg sich hinter dem fettigen Grinsen und in den verdächtig verengten Augen. Ich stellte mir Ascalaphus als sadistischen Wärter in einem KZ vor, der grinsend irgendwelche armen Häftlinge zu Brei schlägt.

„So, jetzt setz es ma´ ordentlich was, du Judensau."

Ich tat ihm übrigens kein Unrecht, wie sich herausstellen sollte. Die meisten Vorurteile sind zutreffend. Das ist Grund, warum es sie überhaupt gibt. Ascalaphus war der geborene Sadist.

Er lebte von Sozialhilfe, weil er irgendwie minderbemittelt war. Mit Brief und Siegel, wie er mir einmal Stolz erklärte.

„Bin etwas schwach im Oberstübchen, müssen se wissen, Herr Nachbar. Hab es sojar amtlich. Mit Brief und Siejel! Jaja. Hat aber och seene Vorteile dat janze. Lieche dem Staat ein wenich auf dem Säckel. Haha! Da liecht es sich janz weich."

Ab und an arbeitete er für ein paar Wochen als Hilfsarbeiter in einer Fabrik oder für einen Putzdienst, bevor man ihn dort auch rausschmiss. Ansonsten stromerte er grinsend und grüßend durch die Welt.

Trotz seiner intellektuellen Minderbegabung verfügte er über eine Art diabolische Intelligenz. Er verstand auf eine sonderbare Weise mit Menschen umzugehen. Trotz seiner offensichtlichen Mängel gab er sich stets selbstsicher, war höflich, lachte viel, plauderte flüssig und schmeichelte jeden ohne Rücksicht auf Anstand oder Maß. Wäre er in einem wohlhabenderen Haus aufgewachsen, vielleicht bei einem Apothekerpaar aus Starnberg, hätte er es leicht zu einem erfolgreichen und beliebten Lokalpolitiker bringen können.

*

Irgendwann schaffte sich Ascalaphus eine Persephone an. Ein armes, kleines Ding war das.

Völlig verschüchtert, mit schmutzig blonden, schulterlangen Haaren. Den Kopf hatte sie stets eingezogen, so als schämte sie sich für etwas. Vielleicht für sich selbst. Für ihre Existenz oder so etwas. Persephone mochte in ihren frühen Zwanzigern gewesen sein. Aber wenn sie einen mit ihren dümmlich-fragenden Augen ansah, wusste man, dass man es mit einem Kind im Körper einer jungen Frau zu tun hatte.

Persephone war weder schön, noch hässlich. Ich würde sie als unscheinbar bezeichnen. Und das war es wohl auch, was sie wollte: Unscheinbar, unsichtbar sein. Sie sprach nur selten. Und wenn, nur wenige Worte. In einem hastigen Flüsterton. Was sie mit Ascalaphus wollte, war mir schleierhaft. Denn der war laut, extrovertiert. Ihr genaues Gegenbild also. Wann immer ich die beiden in der Öffentlichkeit sah, schien sie sich furchtbar zu schämen. Manchmal lief sie geradezu rot an und zog den Kopf noch etwas mehr ein.

Trotzdem waren die beiden unzertrennlich. Sie standen in einer perversen Abhängigkeit zueinander. Wie zwei Schiffbrüchige auf einer einsamen Insel. Und es mag sein, dass sie sich sogar auf eine sehr bizarre und verzweifelte Weise lieb hatten.

Die Wände meiner Wohnung waren dünn. Das machte mich zum unfreiwilligen Mitwisser ihrer Liebesspiele. Ascalphus hatte die Eigenschaft wortreich zu kommentieren, wenn er seinen Willen mit ihr hatte. Während Persephone lautlos wie eine Leiche genoss oder duldete, was an ihr getan wurde.

„So, jetzt kommt der dicke Schwanz...Und, da steckt er schon!"

Ascalaphus konsumierte haufenweise Pornographie. Er musste eine erstaunliche Sammlung an DVD´s besitzen. Es ging schon am morgen los und zog sich dann bis spät in die Nacht. Stöhnen und Ächzen und sonderbare Dialoge, die immer auf das selbe hinausliefen. Die Hölle ist das Set einer deutschen Pornoproduktion. Ascalaphus frönte dieser Leidenschaft auch in der Öffentlichkeit. Im Bus oder in der Straßenbahn. Und ohne jede Scham. Zerknitterte Magazine, hielt er vor sich, die sich um dicke Titten, feuchte Mösen und Arschfreuden drehten. Er studierte sie mit der gleichen Aufmerksamkeit, wie ich ein Lehrbuch vor einer Prüfung studiert haben würde, während Persephone mit gesenktem Haupt und knallroten Backen neben ihm saß. Manchmal verengten sich seine Augen noch ein wenig mehr und die Zungenspitze fuhr über seine Lippen.

„Da schau, Veronika, dat mach ik mit dir später. Das wird jewiss janz schön für dik und mik."

Er stieß sie in die Flanke, gab ihr einen Kuss auf die glühende Wange.

„Veronika, der Schwanz ist da…" begann er zu singen.

Und Persephone wurde immer röter und röter und ihr Kopf sank immer tiefer und tiefer.

*

Ihre Liebe hielt einen ganzen Sommer. Und auf ihre Weise schienen die beiden eine Weile lang recht glücklich gewesen zu sein. Das absonderliche Glück absonderlicher Wesen. Ein schmutziges und verkommenes Glück. In dem man sich wälzt wie in Matsch. In dem man jauchzend schwelgt. Und das man später bitter bereut, weil es einen schmutzig macht. Persephone und Ascalaphus genossen das Glück zweier Schiffbrüchiger, die gemeinsam auf einer einsamen Insel gestrandet waren. Für einen Sommer waren die beiden einander alles. Aber dann, ganz allmählich, begannen sich die Dinge zu verändern. Sie bekamen einander über.

Ascalaphus fügte dem Laster der Pornographie ein weiteres hinzu, dass in seiner Kaste weit verbreitet ist. Er begann zu trinken. Und wenn er betrunken war, sang er, machte schmutzige Scherze oder vergewaltigte Persephone.

„Veronika, der Schwanz ist da… Na, stelle sie sich ma nich so an. Hopp. Hopp."

Hinter der dünnen Wand konnte ich einen ganz leisen Widerspruch vernehmen, das Piepsen einer Maus, die eine Katze um Gnade anfleht.

„Nicht."

„Nich? Nich! Nichnich! Veronika, der Schwanz ist da…"

Ich klopfte an die Wand, klopfte heftig.

„Ruhe da drüben!" rief ich. Nicht weil ich mich gestört fühlte, sondern um Persephone eine Atempause zu gönnen. Die Möglichkeit zur Flucht, falls sie sich dazu entschließen sollte.

Zu meinem Erstaunen antwortete mir Ascalaphus durch die Wand als wären wir im gleichen Zimmer.

„T´schuldjen sie, Herr Nachbar, den Tumult. Hab wohl dem Vino ein wenich zu sehr zujesprochen. Wird jewiss nich wieder vorkommen."

Doch es kam wieder vor. Und oft. Doch

Persephone protestierte nicht mehr. Überhaupt hörte ich fortan praktisch nichts mehr von ihr. Ich konnte mir vorstellen, wie peinlich es für sie sein musste, zu wissen, dass ich alles mitbekam, was Ascalaphus mit ihr trieb. Wenn wir uns im Treppenhaus begegneten, sah sie weg. Mein Gruß blieb unerwidert.

„Jetzt steck ick ihn dir in den Arsch. Pass nur auf, da kommt er schon jeflojen. Und popp, da steckt er drinne. Dat is schön, nich wahr? Veronika, der Schwanz ist da…"

*

Persephone war auf dem Weg nach unten. Und sie fühlte es. Ein uralter Fluch erfüllte sich an ihr. Der Fluch ihrer Geburt, ihrer Herkunft, ihres Geschlechts. Bis ins siebte und siebenundsiebzigste Geschlecht sind sie verflucht, die Geschöpfe der Unterwelt. Warum? Es gibt keinen bestimmten Grund. Es gibt kein Verbrechen, das den Fluch rechtfertigen würde. Die bösen Taten, derer sie sich zwangsläufig schuldig machen, folgen der Verdammung und begründen sie nicht. Es scheint, als wollte sich einfach ein Naturgesetz an ihnen vollziehen. Oder als hätte ein übellauniger Gott ihren Untergang beschlossen. Schon vor aller Zeit beschlossen. Wie er beschlossen hatte, Esau zu verdammen, Jakob aber zu segnen. Und wie er beschlossen hatte, dass Kain Mörder seines Bruders und Begründer der Zivilisation werden sollte.

Die Röte wich nicht mehr von Persephones Zügen. Aber nicht, weil sie sich schämte. Sondern weil sie ebenfalls zu trinken begonnen hatte. Sie wurde davon nicht gesprächiger. Aber sie sah mich im Treppenhaus wieder an. Mit einem Ausdruck verzweifelten Mutes, einer fatalistischen Akzeptanz.

Sie war auf dem Weg nach unten. Und sie wusste es. Nichts würde den natürlichen Verlauf ihres Untergang abwenden. Und sie selbst, so schien es, hieß ihr Schicksal willkommen.

Ascalaphus und Persephone saßen nun oft auf einer Parkbank vor unserer Mietskaserne. Geschwisterlich teilten sie sich eine Flasche billigen Schnaps. Ascalaphus sang oder studierte ein Pornomagazin. Und Persephone schmiegte sich an seinen Arm oder spielte an seinem Schritt herum.

*

Dann wurde Persephone schwanger. Es gab nun viel Streit in der Wohnung nebenan. Ascalaphus gefiel die Idee Vater zu werden keineswegs.

„Du dumme Jans! Hab ick dir nich jesagt, du sollt aufpassen? Wat heeßt das, keen Jeld? Hättst de halt Gummis in der Drojerie jekauft!"

Das ging eine ganze Weile so. Persephone sah ich dieser Zeit kaum noch. Meist versteckte sie sich in der Wohnung. Doch wenn ich sie sah, hatte sie ihre Hände stets auf dem Bauch. Ich glaube, sie wollte das Kind gerne haben. Es mochte ein Ausweg aus ihrer Lage sein. Sie streckte absichtlich den Bauch raus, wohl damit er ein wenig größer wirkte. Natürlich war noch nichts sehen. Aber sie streckte den Bauch trotzdem hervor. Und manchmal summte sie sogar ganz leise vor sich hin.

Eines Tages aber war der kleine imaginäre

Bauch verschwunden. Persephones Augen waren ganz rot und verheult. Die Hände hingen schlaff herunter. Ob das Kind auf natürliche Weise abgegangen war oder ob moderne Medizin nachgeholfen hatte, wusste ich nicht. Und ich wollte es auch nicht wissen. Mutter und Kind taten mir unendlich leid. Aber weil ich nichts machen konnte, dachte ich nicht mehr daran.

*

„Heul doch nicht immer zu. Is schon besser so. Was wolltest du auch mit so ner Plaje? Schreit nur und kackt sich voll. Komm jetz her. Veronika, der Schwanz is da... Haste Gummis jekauft? Na, dann steck ik ihn dir eben hinten rein. Bin nich wählerisch. Hör jetz auf zu heulen, ja?"

*

Die Beziehung der beiden ging vor die Hunde. Ascalaphus begann Persephone zu schlagen. Meistens boxte er sie in den Bauch und lachte sie dann aus, wenn sie sich übergab. Nach einer letzten großen Sauferei gab es einen letzten großen Streit, der in einer letzten großen Gewaltorgie endete.

Ich selbst kam in dieser Winternacht erst spät nach hause. Schon im Treppenhaus hörte ich die altbekannten Gesänge. Aber diesmal hörte ich noch mehr. Ich vernahm Wimmern und Protest.

„Hör auf," quietschte Persephone.

„Halt deen Maul, sonst setzt es was."

Und ich hörte, dass es was setzte. Persephone schrie auf. Ich klopfte heftig an die Tür. Aber Ascalaphus antwortete nicht.

„Veronika, der Schwanz ist da," sang er stattdessen. Dann hörte ich noch einen Schrei, lauter und schriller als zuvor. Einen Schmerzensschrei. Ich rief die Polizei. Mittlerweile waren noch andere Mieter ins Treppenhaus gekommen. Wir lauschten, trommelten an die Türe, riefen hinein, schüttelten die Köpfe. Die Türe gewaltsam aufzubrechen, wagte niemand. Wer hätte die Kosten getragen oder den Ärger mit der Hausverwaltung riskiert? Wir waren alle um die billigen Mieten froh.

Dann kam die Polizei. Sie traten die Türe sofort ein. Drinnen gab eine kurze Rangelei.

„Aber meene Herren, wer wird denn gleech… Wir haben doch nur jespielt."

Ascalaphus wurde in Handschellen herausgeführt. Er grinste mich an.

„Herr Nachbar, en jutes Nächtchen wünsch ick!"

Einer der Beamten blieb drinnen. Versorgte Persephone. Versuchte aus ihr herauszubekommen, was geschehen war. Ob eine Straftat vorlag. Und in welcher Schwere. Ob Alkohol und Drogen im Spiel gewesen seien. Und solche Dinge.

Wenig später stellten sich die Sanitäter ein. Sie führten Persephone aus der Wohnung. Ihr Gesicht war geschwollen. Blutspuren unter der Nase und an der Wange. Sie trug einen blauen Pyjama mit Bärchenaufdruck. Ganz langsam ging sie an uns vorbei. Man konnte sehen, dass ihr jeder Schritt weh tat.

Ein paar Wochen später zog ein Lehramtsstudent ein. Ich habe mit ihm nie mehr als einen kurzen Gruß im Treppenhaus gewechselt.

Cora Andromeda

Ich hatte einmal Freundin, die eine Freundin hatte, die völlig durch den Wind war. Die erste Freundin hieß Rachel. Und sie war eine Göttin in den Gefilden des Abgrunds, eine babylonische Hure, mit all dem Glanz und der Gloria, die dazu gehören. Wir waren für kurze Zeit zusammen gewesen. Ein paar Monate voller Alkohol, exzessivem Sex und ständigen Streitereien. Wir beendeten unsere Beziehung, d.h. ich beendete sie, d.h. ich bettelte darum, dass sie mich gehen ließ. Ich war einfach zu erschöpft. Körperlich und seelisch.

„Ach, Schatzi," meinte sie grinsend und ließ mich frei.

Seither beschränkten wir uns auf den Sex, der großartig war, schmutzig und wild und wunderbar unkompliziert. Rachel war ein ebenso verdorbenes wie schmiegsames Wesen. Ihr zierlicher Körper schrie geradezu danach, gefickt zu werden. Gute Zeiten waren das.

Rachel und ich besuchten ab und an diverse Partys. Eine lässige Freundschaft verband uns. Ihre diversen Ausraster bekam ihr neuer Freund ab, dem ich ein eigenes Kapitel widmen werde. Rachel kannte eine Menge Geschöpfe der Unterwelt. Sie bewegte sich unter ihnen wie eine Königin. Und das stand ihr gut an, fand ich.

Die verrückte Freundin meiner Freundin hieß Cora, von Carolin oder so was. Coras Eltern waren beide Psychiater. Der Vater arbeitete in einer Nervenheilanstalt, während die Mutter eine Praxis in Frankfurt a. M. unterhielt. Sie hatten sich scheiden lassen, als Cora neun Jahre alt war. Sie war bei ihrer Mutter aufgewachsen. Diese entdeckte bald viele Traumata bei ihrer Tochter. Und begann sie liebevoll und umfassend zu therapieren.

Als ich Cora kennenlernte, hatte sie also bereits über ein Jahrzehnt mütterlicher Psychotherapie hinter sich. Ich weiß nicht, ob es ihr besser ging – falls es ihr jemals schlecht gegangen war – oder ob sich ihre zahlreichen Ticks über die Jahre noch verstärkt hatten. Auf jeden Fall war sie völlig durchgeknallt und das auf keineswegs charmante Weise wie bei Rachel.

Cora studierte…nicht Psychologie, sondern Pädagogik mit Nebenfach Psychologie. Sie hatte den Numerus Klausus verpasst, der nötig war, die Wissenschaft von der Seele an einer staatlichen Universität zu erlernen. Ihre Eltern waren untröstlich darüber, erklärten es sich aber mit dem fragilen seelischem Zustand ihrer Tochter. Ungefragt erzählte Cora mir das alles, während ich mit einem Bier in der Hand in der Küche irgendeiner Wohngemeinschaft stand, wo man feierte.

„Ich war ziemlich gut in der Schule. Aber in der Dreizehnten bin ich vergewaltigt worden," sagte sie.

Ich spuckte mein Bier aus. Wischte mir den Mund ab. Sie sah mich sehr sonderbar an, mit forschenden, bohrenden Augen. Ich bekam das Gefühl, dass meine Reaktion auf ihr unerwartetes Geständnis sie irgendwie zufriedengestellt hatte.

„Schlimm," sagte ich. „Tut mir leid."

„Männer sind wie wilde Tiere."

„Manche," gab ich zu, ganz Diplomat.

„Nein, alle. Es liegt in ihrer Natur. Manche verstecken es nur. Sie tun nett und zivilisiert. Aber wenn man alleine mit ihnen ist, fallen sie über einen her," sagte Cora.

Hilfesuchend sah ich mich nach Rachel um. Aber die war nirgendwo zu sehen. Ich musste Cora also alleine loswerden.

„Jetzt, wo ich darüber nachdenke… Ich glaube, du hast recht."

„Oh ja."

„Wann immer ich mit einer allein bin, fall ich über sie hier."

Sie sah mich an. Angewidert und…auch anders.

„Wie ein Tier," fügte ich hinzu. „Ein Raubtier. Ein Wolf. Nein, ein Tiger, der seine Beute zerfleischt und seine Schnauze in ihr dampfendes Blut drückt."

„Widerlich," zischte sie.

„Ich kannte mal einen, einen Baron oder so, der lehrte mich viel über Weiber. Dass man sie klopfen muss, wenn sie einem nicht zu Willen sein wollen und so was."

„Abstoßend!"

„Jaja, der hat jede Woche eine andere geknallt. Keine Woche die selbe, außer einmal. Ein großer Mann war das. Ein Weiberbändiger!"

Ich schätzte, ich hätte sie damit abgeschüttelt. Zufrieden steckte ich mir eine Zigarette an. Eine Siegesziggi.

Doch Cora blieb neben mir stehen. Sie verschränkte die Arme und stierte mich böse an.

„Du bist ein Schwein," sagte sie. Aber sie sagte es in einem Ton, der mir gar nicht gefiel. Ein beunruhigender Ton war das.

„Hör zu, Cora. Es ist, was es ist. Männer sind wie wilde Tiere. Schön, das stimmt. Aber Frauen geben absichtlich eine ziemlich verlockende Beute ab, das musst du zugeben. So geht es in der Natur eben. Das sind die Regeln des Lebens, Baby!"

„Jeder Sex ist im Kern eine Vergewaltigung," sagte Cora.

„Selbst wenn die Frau zustimmt?"

„Ja, auch dann. Sie ist Opfer ihrer Hormone. Ihr Körper bringt sie dazu etwas zu tun, was sie verletzt und entwürdigt."

„Das mag dir vielleicht alles nicht gefallen, aber so überlebt unsere Spezies" führte ich aus. Mir wurde erst jetzt klar, das ich heillos angetrunken war. Andernfalls hätte ich mich nie auf so ein dämliches Gespräch eingelassen.

Cora sah mich an, fragend, bohrend.

„Ich bin schon mehrmals vergewaltigt worden," sagte sie plötzlich. „Das erste Mal war ich vierzehn."

„Ah."

„Seitdem hab ich Angst, mit Männern alleine zu sein."

„Verständlich."

„Ich bin noch Jungfrau."

„Na, wie geht das denn? Da hat aber jemand gepfuscht," meinte ich amüsiert.

„Es gibt andere Arten, jemanden zu vergewaltigen. Ohne Penetration."

„Ah."

Das gab mir zu denken. Ich hatte mit Rachel einige Sachen probiert, die vermutlich in diese Richtung gegangen waren. Heavy Petting würde man das vielleicht nennen. Ob Cora das meinte? Ob jemand sie mit Heavy Petting vergewaltigt hatte? Ich malte mir die Szene mit mir als Übeltäter aus. Cora war nicht unhübsch. Gute Figur, wenn auch ein wenig spektakuläres Gesicht.

„Bei mir hättest du keine Chance," sagte ich trocken. „Ich würde dich zerfleischen."

„Schwein."

„Jab, das bin ich."

Sie funkelte mich an, argwöhnisch, doch sehr interessiert. Interessiert war ich nun auch. Ich bekam die Bilder der Heavy-Petting-Vergewaltigung nicht mehr aus meinem alkoholisierten Verstand. Vielleicht hielt dieser Abend doch noch die eine oder andere nette Überraschung für mich bereit.

*

Zwei Bierchen später fand ich Rachel in einem abgedunkelten Raum wieder. Das einzige Licht kam von einer monströsen Lavalampe. Die Anlage Marke Eigenbau spielte die Revolutionshymnen der 60er. Mit gedämpften Stimmen wurde politisiert. Dabei machte ein Joint nach dem anderen die Runde.

Ich schob einen Hippie beiseite und setzte mich neben Rachel.

„Na," sagte ich.

„Na."

„Sag mal, deine Freundin Cora…"

„Hm."

„Wie ist die so drauf?"

„Oh, die ist nett," meinte Rachel.

„Das mein ich nicht."

„Nein?"

„Ich mein...Sagen wir, ich versuche bei ihr zu landen… Die redet einigermaßen wirres Zeug."

„Hat sie dir erzählt, dass sie vergewaltigt worden ist?"

„Mehrfach."

„Mehrfach erzählt oder vergewaltigt."

„Ähm. Vielleicht beides."

„Mach dir keinen Kopf."

„Über was?" fragte ich.

„Cora hat jede Woche einen Neuen."

Das war allerdings beruhigend. Und verstörend zugleich.

„Sie hat gesagt, sie wäre noch Jungfrau. Da krieg ich meinen Kopf nicht drum rum," meinte ich.

„Ich bin sicher, dass sie noch Jungfrau ist. Sie hat Angst vor Männern. Besonders vor ihren Geschlechtsteilen. Hat sie das nicht erwähnt, Schatzi?"

„Ja, irgendwie hat sie das schon erwähnt. Aber…"

„Du willst wissen, was dich erwartet?"

„Weißt du es denn?"

Rachel griff in meine Brusttasche, fischte sich die Zigaretten heraus und steckte sich eine an. Sie hatte eine sehr erotische Art zu rauchen. Ganz tief sog sie den Rauch ein, hielt ihn einen Augenblick und pustete ihn dann durch gespitzte Lippen wieder aus.

„Also?" fragte ich ungeduldig.

Rachel sah mich nachdenklich an.

„Nein," sagte sie endlich, „die Erfahrung musst du ganz alleine machen, Schatzi."

Ich wusste, dass es keinen Sinn hatte, weiter mit ihr zu verhandeln. Rachels Dickköpfigkeit war einer der Gründe, warum ich nicht mir ihr zusammem sein konnte.

„Irgendwas, worauf ich achten muss."

Sie schüttelte den Kopf. „Lass sie nur machen."

„Lass sie nur machen?"

„Ja, lass sie nur machen."

*

Gegen drei Uhr war ich bei Cora. Wir hatten uns ein Taxi genommen. Auf der Rückbank hatten wir uns geküsst und umarmt. Bisher war alles recht normal verlaufen. Ich war stark angetrunken, aber bereit und willig mein Glück zu wagen.

Und Cora war auch bereit.

Sie hatte eine lächerlich große Wohnung. Drei Zimmer in bester City-Lage. Die Einrichtung war hochwertig, wenn auch ein wenig spartanisch. Küssend tänzelten wir in ihr Schlafzimmer und fielen in ein Doppelbett, dass mit dunkelblauer, sonderbar knirschender Seide bezogen war.

Ich zog mein Hemd aus, dann mein Unterhemd. Ich hatte einen ziemlich guten Körper. Schlank, aber athletisch, nicht zu groß, nicht zu klein, nicht zu schmal, nicht zu breit.

„Nicht schlecht," meinte sie anerkennend.

Dann begann ich sie auszuziehen. Auch sie war hübsch. Das Produkt hielt, was sie Verpackung versprochen hatte. Als ich an ihre Hose ging, legte sie ihre Hände auf meine.

„Nein, ich will das nicht."

„Ich bin vorsichtig," sagte ich.

„Ich will das nicht, ich hab Angst."

Ich verfluchte mein Glück, ließ aber von ihr ab. Ich war vielleicht in mancher Hinsicht ein Schwein, aber ich würde gewiss nichts tun, was sie nicht wollte. Gleich wie scharf und betrunken ich auch war.

„Ok," sagte ich und rollte mich neben sie.

Aber sobald ich da lag, rollte sie sich auf mich. Küsste wie wild meine Brust, meinen Bauch. Dann arbeitete sie sich – leider – wieder nach oben.

„Ich will dich, ich will dich so sehr," stöhnte sie. Ihr Atem roch penetrant nach Kaugummi.

Ich war verwirrt. Sehr behutsam erwiderte ich: „Ich will dich auch."

Sie begann an meinem Schritt herumzuspielen, seufzend, stöhnend.

„Du bist so groß. Ich will ihn sehen."

Ich zog meine Hose aus und zeigte ihr meine prachtvolle Erektion.

Sie begann ihn zu küssen, zu liebkosen.

„So groß und hart. Oh, ich hab so Angst, dass du mich zerreißt."

„Ich bin vorsichtig," meinte ich. Aber sie hatte nicht mit mir gesprochen. Sondern mit ihm. Ich, der Mensch, der an meinem Glied hing, war bedeutungslos.

Ziemlich kunstfertig heizte sie mich an. Man merkte, sie hatte Erfahrung.

Ein Blowjob also, dachte ich. Nicht übel. Immerhin etwas.

Aber sie brachte es nicht zu ende. Rechtzeitig hörte sie auf. Sie setzte sich auf meine Beine, knöpfte ihre Jeans auf und fuhr mit der Hand hinein.

Ok, dachte ich mir, jetzt machen´s uns also selber. Einverstanden. Immerhin etwas.

Zum diesem Zeitpunkt war ich nahe daran zu explodieren. Allein der Alkohol, der, wie es bei Shakespeare sinngemäß heißt, die Lust zugleich beflügelt und sie niederschlägt, hatte einen Erguss verhindert.

„Nein," sagte Cora, als sie bemerkte, was ich vorhatte.

Gentleman, der ich war, wartete ich und genoss die Show. Cora war wirklich keine graue Maus. Sie ließ es ganz schön krachen. Leider hatte ich bisher noch nichts davon gehabt.

Als sie fertig war, ließ sie sich neben mich fallen.

„Jetzt du. Setz dich auf mich und mach."

Ich setzte mich auf ihre Oberschenkel und begann an mir herumzuspielen.

„Komm hoch," stöhnte sie. Sie fasste mich am Hintern und schob mich nach oben, bis ich auf ihrer Brust saß. Ich drückte mein Gewicht so gut es ging nach oben. Wollte ihr nicht weh tun.

„Nein, mach das nicht. Setz dich auf mich. Zerdrück mich."

Und das tat ich, vorsichtig und verwirrt. Ihr Gesicht war direkt unter mir. Sie begann wieder an sich herumzuspielen. Sie stöhnte und seufzte. Ich tat, wozu man mich aufgefordert hatte. Jetzt kamen wir beide in Fahrt. Ein Happy End kündigte sich an.

„Oh, bitte hör auf," keuchte sie plötzlich. „Ich will das nicht. Oh, nein."

Wenn ich jemals in meinem Leben von einer Frau widersprüchliche Signale bekommen habe, dann war es von Cora. Während ich auf ihr saß. Und mir einen runterholte. Mit Worten flehte sie mich an aufzuhören. Aber dabei arbeitete sie wie verrückt an sich, atmete schwer und war voll in Fahrt.

Was sollte ich tun? Ich war selbst drauf und dran, die Kontrolle zu verlieren. Ich wollte es zu Ende bringen, aber ein Schwein wollte ich deswegen auch nicht sein.

Ich hörte auf, wollte mich aufsetzten.

Sie riss die Augen auf.

„Was machst du? Mach weiter, du Idiot."

Ich gehorchte. Fing wieder an. Doch dann, zwei Minuten später.

„Oh, Gott, ich kann nicht, ich kann nicht, hör auf, lass mich, bitte," winselte sie.

Ich hörte auf.

„Mach weiter. Komm auf mein Gesicht, du Sau," fauchte sie.

„Ok, jetzt ist gut," sagte ich. „Verfluchter Unsinn, was ist nur los mit dir?"

Jetzt hörte sie auch auf. Böse funkelte sie mich an.

„Runter von mir und raus," zischte sie in einem Ton, der mir das Blut in den Adern und gottseidank auch in den Weichteilen gefrieren ließ.

Ich zog mich hastig an und verschwand.

*

Draußen ging gerade die Sonne auf. Ich schlenderte in Richtung Straßenbahn. Mein Rausch war wie weggeblasen. Nachdenklich steckte ich meine letzte Zigarette an, zerknüllte das Päckchen und kickte es vor mir her die Straße entlang. Ich versuchte mir einen Reim auf das zu machen, was gerade geschehen war. Vor ein paar Minuten hockte ich noch auf den Brüsten einer Pädagogikstudentin. Und nun atmete ich frische Morgenluft. Wie irreal das alles war. Wie etwas, das lange zurücklag. Wie ein alkoholschwangerer Traum.

Ich änderte meinen Kurs. Anstatt nach hause ging ich zu Rachel. Unwahrscheinlich, dass sie zuhause war. Aber es war einen Versuch wert. Ich war nicht müde. Und was erwartete mich in meiner Klitsche, außer einem zerwühlten Bett, einem zerlesenen Buch und einem übervollen Aschenbecher? Sie wohnte nicht zu weit. Zwanzig Minuten zu Fuß. Ich klingelte. Nach ein paar Minuten summte der Öffner. Sie empfing mich in Unterhose und Top. Dicke Ringe unter den braunen Augen.

„Was denn los? Alles in Ordnung?" fragte sie.

„Alles bestens."

„Und was willst du?"

„Ich hab meinen Schlüssel verloren," log ich. „Kann ich ein paar Stunden hier sein? Ich will den Hausmeister nicht unbedingt am Sonntagmorgen rausklingeln. Der hat mich eh gefressen."

Sie trat beiseite.

Ihre Wohnung war wie die Welt, bevor Gott sie ordnete. Lebendiges Chaos. Tohuwabohu. Kleiderberge, leere Flaschen, Cd´s, Zigarettenpackungen, Schuhe, Bücher, Tassen…

Gähnend nahm sie mich an der Hand.

„Komm."

Sie zog mich zum Bett, schlüpfte hinein.

„Schön warm hier," schnurrte sie mit geschlossenen Augen. „Komm, zieh dich aus, Schatzi."

Ich zog mich bis auf die Unterhose aus. Plötzlich spürte ich eine tiefe Müdigkeit, ja Erschöpfung.

Ich kroch zu ihr unter die Decke. Es war wirklich herrlich war. Sie schmiegte sich an mich und ich legte den Arm um sie.

„Dummes Schatzi," murmelte sie

einschlafend.

Ich spielte an ihren Brüsten.

„Später," schnurrte sie. „Später."

Major Tom

Die mittelalterliche Dämonologie kennt ein Wesen, das sie Sukkubus nennt. Kurzgesagt ist das ein weiblicher Dämon der junge Männer im Schlaf verführt und ihnen durch den Liebesakt mit dem Samen alle Lebenskraft stiehlt.

Rachel war so ein Sukkubus. Vielleicht sogar eine Fürstin der Sukkubi. Auf jeden Fall wäre sie im Mittelalter zweifellos auf dem Scheiterhaufen gelandet.

Sie umgab etwas, dass ich die Aura der Verkommenheit nannte. Alles, was sie berührte, kam herunter, verfiel, starb. Als Kind hatte sie einen Hasen bekommen. Er war schwarz mit weißen Flecken am Rücken. Und sehr flauschig. Rachel taufte ihn entsprechend Flauschi. Sie mochte Flauschi sehr gerne. Jeden Morgen brachte sie ihm frisches Grünzeug, reinigte seinen Stall und streichelte ihn. Eine Woche später war Flauschi tot. Sie fand ihn auf der Seite liegend in seinem Stall, die Augen grausig verdreht. Im Jahr darauf nahm sie Reitunterricht. Sie freundete sich mit einer zehnjährigen Stute namens Windspiel an. Rachel hegte und pflegte Windspiel, bürstete ihr Fell, flocht Zöpfchen in ihre Mähne, gab ihr Zuckerstückchen und was nicht alles. Bei einem Ausritt glitt Windspiel aus und brach sich das Bein. Man musste sie einschläfern. Rachel war untröstlich.

Seitdem hielt sich Rachel an Männer. Die waren langlebiger. Und machten mehr Spaß. Mit zwölf begann sie sich herumzutreiben. Sie war unerfahren und wahllos. Ihr Treiben machte bald die Runde im Dorf, sodass ihre Mutter sie von der Schule nehmen musste. Sie schickte das ungezogene Töchterchen auf ein Gymnasium in einer nächsten größeren Stadt. Rachel musste nun jeden Tag über eine Stunde mit dem Zug fahren. Das störte sie aber nicht weiter. Sie las in dieser Zeit Hesse und Nabokov. Lesen war ihre zweitliebste Beschäftigung.

Mit dreizehn begann sie exzessiv zu rauchen. Die Zigaretten erhielt sie gegen gewisse Gefälligkeiten auf der Schultoilette. Sie beschäftigte sich zudem mit Dichtung.

Mit vierzehn hatte sie ihren ersten Gangbang am Ufer eines idyllischen Flusses. Sie begann regelmäßig Clubs und Diskos zu besuchen. Ausweiskontrollen waren kein Problem. Die Türsteher schuldeten ihr grundsätzlich etwas. Auch die Getränke waren selbstverständlich frei. Sie begann exzessiv zu trinken.

Mit sechzehn kokste sie, rauchte drei Päckchen am Tag und trank eine halbe Flasche Schnaps. Sie wohnte mittlerweile bei ihrem Gönner, einem kleinen Angestellten in seinen späten Vierzigern, der Frau und Kinder für sie verlassen hatte.

Mit neunzehn bestand sie ihr Abitur mit einem Schnitt von 1.2. Sie war eine hervorragende Schülerin. Sehr intelligent und belesen. Auf barbarische Weise kultiviert. Sie hätte mit Genuss Merlot aus dem Schädel eines Erschlagenen saufen können, aber sie hätte dabei den kleinen Finger abgespreizt und Homer rezitiert.

Ich lernte sie im ersten Jahr des Studiums kennen. Wir saßen zusammen in Philosophie. In dem Moment, wo ich sie sah, fühlte ich mich zu ihr hingezogen. Wie die Motte zum Licht. Wir gingen aus, unterhielten uns und verbrachten die

Nacht zusammen. Eine wilde und bemerkenswerte Nacht. Nach ein paar Tagen nistete sie sich in meiner Bude ein. Wir tranken, liebten uns, hörten alternativen Rock, schauten Fernsehen, rauchten und ließen uns Pizza kommen. Gelegentlich schafften wir es auch an die Uni, aber nicht um Vorlesungen zu hören oder Seminare zu besuchen, sondern um unser Wochenende zu planen. Dann begannen wir uns zu streiten, dass die Fetzen flogen. Es endete immer mit Sex, wüstem, zerstörerischem Sex.

Ich glaube nach noch nicht einmal einem halben Jahr, war ich körperlich und geistig am Ende. Ich war bis auf das Skelett abgemagert, hatte einen widerlichen Ausschlag im Gesicht und an den Händen, war eine Miete im Rückstand, hatte keinen einzigen Schein erworben und war zutiefst deprimiert. Meine Wohnung versank im Chaos. Schmutz und Wäscheberge überall, Maden krochen über verschimmelnde Pizzareste und die Spüle war unter stinkendem Geschwirr begraben. Vom Bad will ich gar nicht erst anfangen. Über all dem Chaos und Schmutz thronte Rachel, lächelnd, mit einer Zigarette im Mund, wunderschön und sündig, völlig unberührt von dem sie umgebenden Zerfall, wie das ewig in sich ruhende Zentrum eines zerstörerischen Wirbelsturms.

Ich liebte sie sehr, war ihr sogar ein verfallen. Aber am Ende gewann mein Überlebenstrieb die Oberhand und ich trennte mich von ihr. Sie nahm es gelassen. Wir blieben Freunde und hatten gelegentlich Sex. So bekam ich das beste von ihr, während ich mich von ihrer Aura der Dekadenz einigermaßen fernhalten konnte.

Meinen Platz nahm Major Tom ein.

Tom war gerade mit dem Bund fertig geworden, dem er sich für zehn Jahre verpflichtet hatte. Tom wirkte sehr umgänglich, hatte aber einen Hang zu gewalttätigen Ausbrüchen, vor allem, wenn er getrunken hatte. Deswegen trank er nur in Maßen und rauchte nur eine Handvoll Zigaretten am Tag. Auch sonst war er das genaue Gegenteil von Rachel. Sauber, diszipliniert, vernünftig, berechenbar.

Ich begegnete ihm zuerst in einer Einliegerwohnung im Kellergeschoss eines gediegenen Einfamilienhauses, die er gemietet hatte. Während ich Rachel auf dem kleinen Kiesweg folgte, der durch den penibel in Ordnung gehaltenen Garten führte, vorbei an Blumenrabatten, Büschen, kleinen Statuetten und einem Springbrunnen, fühlte ich mich ein Fremder in einem fremden Land. So musste sich ein Barbar fühlen, der sich plötzlich in der Hauptstadt einer antiken Hochkultur wiederfindet.

„Hübsch nicht," meinte Rachel und schnippte ihre Kippe auf den getrimmten Rasen.

In Toms Wohnung setzte sich die gediegene Ordnung des Gartens ungebrochen fort. Alles war blitzblank, sauber und funktionell. Tom gab Rachel einen Kuss auf die Wange. Dann servierte er uns eiskaltes Bier. Aus Gläsern. Die auf kleinen Absetzern aus Kork standen. Er selbst nahm ein alkoholfreies. Weil er später noch fahren musste.

Rachel steckte sich eine neue Zigarette an. Sie aschte neben den blitzeblanken Glasaschenbecher. Es wirkte wie ein Versehen. Aber ich wusste sofort, dass es keines war. Rachel begann ihr Werk.

„Oops," sagte sie.

„Macht doch nichts," meinte Tom.

„Nein, das tut mir leid," beteuerte Rachel.

„Mach dir keine Sorgen, Liebes, ich wisch es gleich weg."

Er stand sofort auf und entfernte den weißgrauen Krümel mit einem feuchten Lappen. Das alles geschah ganz beiläufig. Bestimmt dachte er nicht einmal darüber nach, der arme Tom. Ich aber sah alles und bedauerte ihn schon jetzt.

*

Ich fragte Rachel, was sie an Tom fände. Er passte so gar nicht in ihr Beuteschema. Wie ich bevorzugte sie Kreaturen der Unterwelt oder solche, die sich bereits nah am Abgrund befanden. Die nur noch einen kleinen Schubs brauchten, um in die Tiefe zu stürzen. Irrende auf weiten Meeren, die ihrem Gesang folgend sich in mörderische Gefahren begaben.

Tom konnte ihr weder intellektuell das Wasser reichen, noch hatten sie sonst irgendwelche Gemeinsamkeiten. Rachel hörte alternativen Rock, Tom hörte Radio. Sie las Hermann Hesse, Rilke und Abhandlungen über Phänomenologie, er las den Kicker und das ADAC Mitgliedsmagazin. Sie trieb sich nächtelang in Clubs und versifften Wohnungen herum, er verpasste keinen Tatort und oder Spiel des FC Bayern München. Sie ging um fünf ins Bett, um ihren Rausch auszuschlafen, er stand um fünf auf, um Laufen zu gehen. Sie lebte von Zigaretten und Alkohol, er machte sich gerne mal einen Salat mit frischen Kräutern und Kernen oder einen Smoothie.

„Der Sex, das ist alles," war Rachels lapidare Antwort. Ich lief rot an. Ätzender Neid überkam mich. Aus irgendeinem Grund hatte ich geglaubt, wir schliefen noch miteinander, weil ich so gut war. Hatte Tom mich verdrängt?

Rachel las meine Gedanken.

„Mach dir keinen Sorgen, Schatzi." Sie gab mir einen Klaps auf den Hintern.

„Er ist gut, was?"

„Un-glaub-lich," meinte Ramona.

„Ha. Das hab ich schon mal gehört!"

„Wie meinen?"

„Ich kannte mal einen, der hieß Kai und... spielt keine Rolle."

Sie grinste.

„Gestern Nacht haben wir´s achtmal getrieben."

„Achtmal?"

„Oh ja, Schatzi."

Ich war beeindruckt, das musste ich zugeben. Ich beschloss, meine Lebensgewohnheiten zu überdecken. Salat mit frischen Kräutern, ein kleiner Lauf im Morgengrauen...

„Ich will dir was zeigen," sagte sie.

„Und was?"

Schau dir das Bild an.

Sie deutete auf die Wand über ihrem Bett. Da war das Profil eines Punkers mit riesigem Irokesen auf die Tapete gemalt. Ein kunstreiches Werk, etwa einen halben Meter hoch und breit.

„Nett," meinte ich.

„Er hat mich dazu inspiriert."

„Ok."

„Sieh genau hin, schau dir die Tapete unter

den Haaren an."

Ich tat, worum Rachel sie mich gebeten hatte. Tatsächlich erkannte ich Flecken, die einen strahlenförmigen Kranz bildeten, an dem sich die Frisur des Punkers orientierte. Ich fuhr sie mit den Fingern nach.

„Ihr habt Bier an die Wand gespritzt und du hast die Flecken nachgemalt?" fragte ich.

„Nicht Bier. Sperma."

Angewidert zog ich meine Hand zurück.

„Unmöglich. Die Menge," meinte ich.

„Ich hab ihm einen runtergeholt. Ist fast einen Meter weit gespritzt," meinte sie. Sie steckte sich eine Zigarette ein.

„Wow," sagte ich anerkennend.

„Als ich es an der Wand sah, wusste ich, was zu tun war. Es war wie eine Epiphanie," meinte Rachel.

„Eine göttliche Inspiration," sagte ich.

Sie nickte bedächtig.

„Lass uns in die Kirche gehen und beten, Schatzi," schlug sie nach einer Weile vor.

„Katholisch oder evangelisch?"

„Katholisch natürlich," sagte Rachel. „Die alleinseligmachende Kirche."

Und wir gingen ernsthaft in eine kleine Kirche in der Nähe und Rachel betete selig lächelnd einen Rosenkranz. Rachel versäumte nie, mich zu überraschen.

*

Ein paar Wochen später traf ich Rachel und Tom in einer Kneipe wieder. Tom wies alle Zeichen einer dämonischen Besessenheit auf. Er hatte Augenringe und einen Dreitagebart, rauchte wie ein Schlot und trank wie ein Fisch. Seine Jeans wies an den Knien Grasspuren auf und einer seiner Schnürsenkel war offen. Er sah insgesamt noch nicht zu schlecht aus, nur schlechter als vor ein paar Wochen.

Ich setzte mich zu den beiden. Wir plauderten. Ich fragte Tom über seine Bundeswehrzeit aus. Er gab ein paar langweilige Anekdoten zum besten, die alle irgendetwas mit Notzucht und Schwulitäten unter der Dusche zu tun hatten.

Ich fragte nicht weiter.

Er stürzte ein Bier nach den anderen runter. Dazwischen bestellte er Schnäpse. Ich hätte mich verabschiedet, aber Tom hielt mich frei, steckte mir Zigaretten zu. Ich war damals praktisch permanent pleite. Also blieb ich sitzen und genoss die Zuwendung.

Nach einer Weile begann Rachel Major Tom aufzuziehen. Sie hatte eine sehr subtile, doch bissige Weise, jemanden zur Raserei zu treiben. Ich konnte ein Lied davon singen. Doch Tom steckte alles kommentarlos weg. Seine sexuelle Orientierung, die Bundeswehr, seinen Lieblingssport im allgemeinen und seinen Lieblingsverein im besonderen, sein Auto, kurz alles, was ihm lieb und teuer war, zog sie in den Schmutz.

Tom saß nur da, rauchte, trank und grinste vor sich hin, so als war alles in bester Ordnung. Doch in seinem Blick war etwas, was mir Angst machte. Unterdrückte Wut, die nur darauf wartete zu explodieren. Zu diesem Zeitpunkt wusste ich noch nichts von Toms Hang zur Gewalt. Aber Rachel wusste. Sie zog ihn zum Spaß auf, weil sie gerne mit Feuer spielte. Das war aufregend für sie. Spannend. Interessant. Wie weit konnte sie in treiben, bis er die Kontrolle verlor? Dabei fühlte sie sich selbst völlig sicher.

Wir verließen die Kneipe, stromerten die Straße entlang. Es war einiges los. Tom stürmte mit eingezogenem Kopf und Zigarette im Mundwinkel voran. Er wich niemandem aus. Irgendwann stieß er mit der Schulter ein Mädchen um. Ein schlaksiger Typ, offensichtlich ihr Freund, half ihr auf, dann rannte er Tom nach und tippte ihn an der Schulter an.

„Alles klar mir dir, Mann?" fragte er verärgert.

„Verpiss dich," zischte Tom.

„Wichser, kannst du nicht aufpassen, wohin du gehst?"

Tom war einen Kopf kleiner als der andere. Er blinzelte.

„Wichser," wiederholte der schlaksige Student.

„Lass es sein," rief ihm seine Freundin nach.

Doch es war zu spät. Tom verpasste seinem Kontrahenten einen Kinnhaken. Der ging sofort zu Boden. Dann begann er auf ihn einzutreten. Seine Freundin kreischte.

„Schatzi," sagte Rachel, „Zeit den Helden zu spielen."

Ich umschlang Toms Schultern, versuchte ihn wegzuziehen. Doch er machte sich frei. Ich fing mir einen Ellenbogen ein, der glücklicherweise meinen Hals verfehlte und mich nur an der Brust traf. Es tat trotzdem ziemlich weh. Tom beruhigte sich endlich. Er grinste mich an. Ein blutrünstiges, wahnsinniges Grinsen.

„Sorry," rief ich Toms Opfers zu. Dann rannten wir alle. Als wir in Sicherheit waren, brach Tom in ein irres Gelächter aus. Er konnte sich fast nicht mehr auf den Beinen halten. Tränen standen ihm in den Augen und er klopfte sich auf die Schenkel. Es war ein wirklich furchterregender Anblick. Zu weit getrieben, war der Kerl zu allem fähig. Ich war sicher, dass er nicht einmal vor Mord zurückschrecken würde. Rachel hatte sich ein gefährliches Haustier zulegt.

*

Tom fand einen Job in einem Baumarkt und verlor ihn ein paar Tage später wieder, als er viel zu spät und sturzbetrunken mit einer Zigarette im Mund seine Schicht antrat.

Dann arbeitete er in einem kleinen Kino in der City. Eine Zeit lang ging das ganz gut. Doch eines Nachts ließ er Rachel und ihren versammelten Hofstaat in die Spätvorstellung eines dänisches Kunstfilms mit dem passenden Titel „Idioten." Bis auf Tom und den Filmvorführer/Hausmeister, einen sehr netten Alkoholiker in den Sechzigern, waren wir alleine. Tom versorgte uns alle reichlich mit Bier und Popcorn. Wir veranstalteten eine Popcornschlacht. Irgendjemand übergab sich und ein Pärchen wälzte sich zwischen den Sitzen. Der Saal sah danach aus, als hätte eine Bombe eingeschlagen. Und Tom war auch diesen Job los.

Danach gab er es auf, sich weiter um Arbeit zu bemühen. Er redete davon, irgendwann zu studieren. Betriebswirtschaftslehre oder so was. Natürlich stand dergleichen außer jeder Möglichkeit, solange er unter dem Einfluss Rachels war. Und sie sagte ihm das auch ins Gesicht.

„Das wird nichts, Liebling, ich brauch dich viel zu sehr."

Aber das störte Tom auch nicht weiter. Menschen klammern sich gerne an irgendwelche vagen Hoffnungen, ganz gleich wie unrealistisch sie sein mögen, um sich über die Nöte des Hier und Jetzt hinwegzutäuschen. Der Lateiner sagt: Solange ich lebe, hoffe ich. Und so hoffte Tom, es würde mit ihm schon wieder aufwärts gehen, während der Sukkubus ihn zu Schanden ritt.

Tom begann seine Ersparnisse aufzuzehren. Er hatte derer gar nicht mal so wenig. Während seiner Zeit als Soldat hatte er sparsam gelebt. Nun gab er sein Geld mit vollen Händen aus, d.h. er hielt Rachel und ihr Gefolge frei.

Irgendwann gab er seine nette Einliegerwohnung auf und zog dank Rachels Vermittlung in ein Zimmer in einer Wohngemeinschaft zweifelhaften Rufs. Auch sein Auto verkaufte er. Oder besser, verschenkte es fast. Auch hier vermittelte Rachel. Sie hatte scheinbar viel Freude daran, ihn immer tiefer und tiefer in den Abgrund zu führen. Mir gegenüber beteuerte sie, es wäre sein Wunsch und freier Wille.

„Er ruft mich an, und will sich treffen," meinte sie achselzuckend, als würde das schon alles erklären. Dann steckte sie sich eine Zigarette an und führte aus: „Der Mensch ist frei. Der freie Wille ist seine herausragendste Eigenschaft. Im Verbund mit der Sprache erlaubt sie ihm, sich von den Zwängen einer rein tierhaft-unbewussten Existenz zu lösen. Er wird frei von den Gegebenheiten seiner unmittelbaren Lebenssphäre. Anstatt sich ihr anzupassen, passt er sie seinen Bedürfnissen an. Die Faust wird

Hammer, der Gedanke Maschine. Über allem aber steht die Freiheit. Sie ist absolut und unverfügbar. Sie bildet im Geist des Menschen jene Leere, die er mit seinem Willen ausfüllen kann." Solches sprach sie und belegte es mit vielen gelehrigen Hinweisen auf Gehlen, Herder, Nietzsche, Heidegger und andere Deutsche Meister.

Ich hielt dagegen, dass der Mensch allein schon durch seine Eigenschaft ein Körperwesen zu sein, sowie die operativen Begrenzungen seines Verstandes, der gezwungenermaßen in Ursache-Wirkung und Raum-Zeit-Schemata denken müsse, stark determiniert wäre. Und weil ich wusste, dass Rachel Herz für schöne Ideensysteme hatte, verwies ich auf die christliche Prädestinationslehre

„Du solltest nicht so grob mit ihm umgeben. Du weißt, was ich meine," erwiderte ich.

„Ach, Schatzi…"

„Hör mal, das ist kein Spaß. Du treibst es zu weit. Denk an Flauschi. Und Windspiel. Du hast kein Glück mit deinen Haustieren."

„Es ist besser, wenn du jetzt gehst, Schatzi," sagte sie. Und natürlich ging ich.

*

Das letzte Mal als ich Tom sah, lag er auf Rachels Bett. Unter dem Profil des Spermapunkers. Zwischen leeren Flaschen, schmutziger Bettwäsche und zerknüllten Magazinen wirkte er selbst wie ein weggeworfenes Spielzeug. Ein Stück Abfall. Er trug eines von Rachels Tops. Und eine ihrer Unterhosen. Brust-und Schambehaarung waren deutlich zu sehen. Der Mann war behaart wie ein Gorilla. Seine Beine waren auf obszöne Weise gespreizt. Mit einer Hand kratzte er sich an den Eiern. Mit der anderen hielt er eine halb abgebrannte Zigarette. Der schiefe Ascheturm war drauf und dran umzufallen. Rachel saß an einem winzigen Tisch und trank Bier.

„Hallöchen," sagte Tom dümmlich grinsend.

„Salve!"

Rachel hob die Hand. Sie sah müde aus.

„Gehen wir heute Abend auf Tour?" fragte ich.

„Hmmmm," brummte Tom.

„Wir sitzen heute aus, Schatzi," sagte Rachel.

Ich fragte mich, ob Tom einfach erschöpft, betrunken oder auf irgendwelchem Zeug war, das ihm Rachel gegeben hatte. Die ganze Szene wirkte sonderbar auf mich. Bedrückend. Ich dachte plötzlich an den Jesusausspruch: „Lasst die Toten ihre Toten begraben." Rachels Wohnung war tatsächlich wie ein Grab, in dem sie selbst gefangen war. Und in das sie Tierchen lockte, ihr in ihrer Einsamkeit Gesellschaft zu leisten. Doch diese Tierchen starben ihr unter der Hand weg. Sie tat mir leid, wie sie da so sah, über ihrem Bier brütend, mit aufgelöstem Haar und roter Stirn, unendlich leid tat sie mir. Ja, ich hatte Mitleid mit dem Sukkubus.

Als ich wieder auf der Straße war, atmete ich erleichtert aus. Ich war in Hochstimmung. Fühlte mich, als wäre ein bis zum Rand mit allen Übeln der Welt gefüllter Kelch an mir vorübergegangen. So muss man sich fühlen, wenn man einen Flugzeugabsturz überlebt hat. Oder Rachel entkommen ist.

Ich verbrachte einen angenehmen Abend, an dem ich insgeheim mein Überleben feierte. Mir wurde klar, dass ich eines ihrer Haustiere gewesen war und dass ich den Göttern auf die Knien danken musste, davongekommen zu sein. Ich trank auf die weniger Glücklichen. Flauschi, Windspiel und Major Tom. Möge der Herr sich ihrer armen Seelen erbarmen.

Ich blieb nicht zu lange aus an diesem Abend. Und ich trank auch nicht übermäßig. Gegen eins war ich zu hause. Ich kochte mir Tee mit einem uralten Teebeutel, den ich zufällig in der Küche fand. Dann legte ich mich hin. Aber der Schlaf blieb fern. Ich lag wach und dachte an die Grube. An Rachel und Tom und an die bedrückende Stimmung, die dort geherrscht hatte.

Dann klingelte es an meiner Tür. Ich wusste sofort, dass sie es war. Etwas war passiert. In eine Decke gehüllt mit gesenktem Haupt kam sie herein. Sie sah aus wie eine dieser Flüchtlingsfrauen aus dem Fernsehen.

„Setz dich. Brauchst du was? Geht´s dir gut?"

Sie schüttelte den Kopf und schniefte. Dann setzte sie sich, das Kinn noch immer auf der Brust wie ein Kind, das sich schämt.

„Schau mich mal an," verlangte ich.

Zögernd gehorchte sie mir. Die linke Seite ihres Gesichts war rot und blau.

„Tom hat das gemacht?"

Sie nickte.

„Soll ich rübergehen und ihn vermöbeln?"

„Gib mir lieber ne Zigarette, Schatzi," bat sie.

Ich steckte ihr eine an und setzte mich ihr gegenüber. Wir schwiegen. Was sollten wir auch sagen? Ich hatte sie gewarnt, mehrfach sogar, und Rachel musste selbst gewusst haben, dass ihre Spiele nicht ungefährlich waren.

Irgendwann brach ich das Schweigen.

„Brauchst du nen Eisbeutel oder so?"

Sie schüttelte den Kopf.

„Hab Aspirin genommen."

„Das hilft gegen den Schmerz, aber nicht gegen die Schwellung."

Tatsächlich nahm diese sichtlich zu. Ihr linkes Auge verengte sich langsam zu einem Schlitz.

„Morgen vielleicht," meinte sie.

„Ok."

Wir schwiegen wieder.

„Willst du drüber reden oder so?" fragte ich, obwohl ich wusste, wie klischeehaft und im Grunde lächerlich dieser dämliche Psychologenspruch war. Als ob Reden über etwas jemals jemandem geholfen hätte.

„Ich bin müde, Schatzi."

„Klar. Du kannst in meinem Bett schlafen. Ich mach´s mir auf der Couch bequem."

Sie nickte, raffte ihre Decke zusammen und verzog sich in meine Schlafnische, einem Alkoven, der mein selbstgezimmertes Bettchen enthielt. Ich legte mich auf die Couch, die zu natürlich viel kurz war. Ich war gerade am Eindösen, als Rachel nach mir rief.

„Komm, Schatzi, halt mich ein wenig."

Ich kroch zu ihr ins Bett. Es war warm und ihr Körper schmiegte sich perfekt an mich an. Unsere Häute verschmolzen geradezu. Sie küsste meine Finger und drückte meine Hand dann ganz fest auf ihre Brust. Ich gab ihr einen lächerlich zärtlichen Kuss auf die Stirn. Ihr Haar roch nach kaltem Rauch.

Sie lächelte.

„Ach, Schatzi, du bist mir noch der liebste,"
sagte sie wegdämmernd.

Und ein kalter Schauer fuhr mir über den
Rücken.

Die Unheilige Dreifaltigkeit

Wir waren die Unheilige Dreifaltigkeit, das Triumvirat des Grauens.

Andy, der sich selbst Zeus nannte, war unser Anführer. Ein selbsternannter Diktator gewissermaßen. Er trieb uns in endlosen Sommernächten immer weiter von Kneipe zu Kneipe. Ich glaube, er studierte Jura oder so etwas. Sicher bin ich mir nicht. Er kam aus einem reichem Elternhaus, war aber immer pleite. Und lag uns auf der Tasche. Aber er kannte sich aus, wusste wo der Bär tanzte und machte uns eine Menge Spaß.

Und dann war da Ivan, der Traurige. Ein dicklicher Russe, der an manischer Depression litt. Gelegentlich zog er uns mit seinen trostlosen Tiraden über die Nichtigkeit der Existenz richtiggehend runter. Er studierte möglicherweise Germanistik, doch sein instabiler Zustand verhinderte, dass er die Uni besonders oft von innen sah. Er ertrug die Nähe von Menschen nicht gut. Bei uns machte er eine Ausnahme. Seine bevorzugten Autoren waren Nietzsche und Dostojewski. Von letzterem erzählte er uns immer wieder, dass jener als Kind miterlebt hatte, wie sein Vater von dessen Leibeigenen ermordet wurde. Ivan war eine unerschöpfliche Quelle von Zigaretten. In illo tempori stopften wir diese selbst, um der tückischen Tabaksteuer ein Schnippchen zu schlagen. Ivan war besonders effizient. Er konnte stundenlang Zigaretten stopfen. Wenn wir uns trafen, füllte er unsere Lucky Strike Päckchen mit billigen Selbstgemachten auf.

Normalerweise begannen unsere Abenteuer

bei Ivan. Er wohnte in einem Gartenhaus, das seinen Eltern gehörte. Es lag in einer Schrebergartenanlage zwischen einem Industrieviertel und der Eisenbahnlinie. Um in den Kneipen nicht soviel ausgeben zu müssen, glühten wir kräftig mit billigem Fusel und Dosenbier vor. Trinkend und schwatzend wankten wir nach Einbruch der Dunkelheit in Richtung City, was uns etwa eine halbe Stunde kostete. In den Kneipen nuckelten wir dann den ganzen Abend an einem einzigen Bier, während wir uns beim Rauchen draußen an den eigenen Vorräten, die Ivan in einem scheppernden Rucksack mit sich führte, gütlich hielten. Gelegentlich flogen wir deswegen raus. Aber das machte uns nichts. Wir zogen einfach weiter auf unserer endlosen Suche nach Mädchen und Abenteuern. Vor allem Abenteuer. Denn die Mädels wollten von uns dreien wenig wissen. Ich kann es ihnen nicht übel nehmen. Wir gaben einen traurigen Anblick ab.

Abenteuer erlebten wir übrigens viele, vor allem peinliche. Drei sind mit besonders im Gedächtnis geblieben.

*

Zeus liebte Fantasy Metal. Seine Lieblingsband kam aus Italien. Es waren die Jungs von Rhapsody of Fire einer Manowar Vorband. Sie spielten schnell und sangen in fragwürdigem Englisch von Drachen, Zauberschwertern, Kriegerehre, Freundschaft und Zwergen. Zeus hatte praktisch immer eine Platte von ihnen dabei, die wir uns beim Vorglühen mehrfach anhören mussten. Vielleicht war es auch immer die gleiche Platte. Am Anfang tat es ein bisschen weh. Aber je mehr man trank, desto besser wurde es. Sogar Ivan schaukelte seinen wuchtigen Oberkörper vor und zurück, während er konzentriert ins Nichts starrte, das zweifellos seinen Blick erwiderte.

Eines Abends beschlossen wir bei Ivan zu bleiben. Draußen hatte es zu regnen begonnen. Und wir waren natürlich pleite. Zwei gute Gründe also die Nacht zwischen Lagerhallen und Gleisen zu verbringen. Also hörten wir Rhapsody of Fire und tranken und rauchten. Geredet wurde wenig. Ivan war in einer düsteren Stimmung und auch Zeus war schlecht gelaunt – ich glaube, er hatte irgendeinen Schein nicht bekommen. Nach dem zweiten Sixpack sprang Zeus plötzlich auf. Er starrte uns an. Hinter runden Brillengläsern loderte großer Pathos.

„Wir sind Könige," rief er, den Refrain eines Liedes wiederholend, das wir gerade gehört hatten.

„Wenn du das sagst," erwiderte ich.

„Nein, kein Spaß. Ich mein es ernst. Todernst. Wir sind Könige."

„Mach dir noch ein Bierchen auf, Zeus," sagte ich und reichte ihm eine Dose.

Er schlug sie mir aus der Hand. Sie traf Ivans Bücherschrank. Prallte von einer dicken Nietzsche Gesamtausgabe an. Hinterließ eine Delle.

„Pass doch auf," protestierte Ivan. „Arschloch."

„Weil ihr nicht zuhört, ihr Schwachköpfe," rief Zeus ärgerlich. „Ich sage etwas von Bedeutung, was wichtiges. Und ihr hört nicht zu und versteht kein Wort."

Wie sein Name vermuten ließ, konnte Zeus

sehr aufbrausend werden. Ich versuchte daher den Blitzeschleuderer zu besänftigen.

„Was willst du uns sagen?" fragte ich und stellte mein Bier sicherheitshalber ab. Ganz Ohr war ich. Auch Ivan sah Zeus erwartungsvoll an.

„Ich meine, wir sind Könige. Herrn der Welt. Wir sind die wahren Meister des Universums," führte er aufgeregt aus, als hätte er gerade irgend ein neues Naturgesetz gefunden.

„Ja," stimmte ich zu. „Du hast recht. Wir sind Könige."

„Könige ohne Königreich," meinte Ivan.

„Das ist es," sagte Zeus auf Ivan deutend. „Könige ohne Königreich. Wie Lear. Oder Wilhelm."

Ivan nickte.

„Ohne Heimat. Ohne Hoffnung," sagte er traurig.

„Aber unbeugsam, kriegerisch. Wir kämpfen bis zum Ende," rief Zeus.

„Geschöpfe der Unterwelt," fügte ich enthusiastisch hinzu. Doch Zeus missbilligte meinen Einwurf.

„Helden des Lichts," verbesserte er mich streng. „Männer aus Blut und Stahl."

Ivan nickte. Und weil ich nicht wusste, was ich sonst tun sollte, nickte ich eben auch.

„Lasst uns Blutsbrüderschaft schließen," schlug Zeus vor.

Ich lachte auf. Zeus blitze mich streitlustig an, doch Ivan sagte einfach: „Ich hol das Messer."

Und dann holte der melancholische Russe ein Fleischermesser, dessen Klinge wenigstens zwanzig Zentimeter maß.

Mir verging das Lachen und auch Zeus schluckte beim Anblick dieses Mordinstruments in den Händen unseres psychisch instabilen Freundes.

Ivan fragte tonlos: „Wer fängt an?"

„Ist das Ding sauber?" fragte ich.

Ivan ließ etwas Wodka über die Klinge laufen.

„Du hast den Vorschlag gemacht," meinte ich zu Zeus. „Du fängst an."

Zeus nahm die Klinge. Er wurde wenig ein bleich um die Nase.

„Du bist ein König," sagte ich aufmunternd.

Und dann begann Zeus sehr, sehr vorsichtig an seinem Arm herumzusägen. Die Haut wurde etwas weiß, Blut sah man aber keins. Zeus wurde immer bleicher. Es war erbärmlich.

Ich machte mir ein neues Bier auf. Die Sache würde dauern.

„Du musst drücken," riet ich. „Richtig fest. Als wolltest du einem die Kehle durchschneiden."

„Die Klinge ist stumpf," protestierte Zeus.

„Gib her," sagte ich. Ich prüfte die Klinge. Sie war scharf, sehr scharf sogar. Ich nahm noch einen Schluck, dann zog ich sie über meinen Arm. Es war ein kurzer, sengender Schmerz. Dann kamen ein paar Blutstropfen.

„Siehst du, kein Problem. Jetzt du." Ich gab Zeus das Messer zurück.

Jetzt ermannte sich auch Zeus. Er schaffte es mit der Spitze ein winziges Loch zu bohren, aus dem ein einziger, dicker Blutstropfen quoll.

„Schnell, sonst trocknet´s," sagte er und reichte das Messer Ivan.

Und Ivan schoss den Vogel ab. Er nahm einen langen Schluck aus der Wodkaflasche, dann setzte er das Messer unterhalb des Handgelenks an und zog durch. Sein Fleisch klappte förmlich auf. Zuerst konnte man grauweißliches Fett sehen. Dann schoss das Blut in Strömen hervor.

„Du Idiot," rief ich. „Willst du dich umbringen?"

Ivan reichte mir seinen blutenden Arm. Ich sprang auf.

„Scheiße, wir müssen dich ins Krankenhaus bringen."

Zeus war noch bleicher geworden. Seine Lippen bebten.

Ivan grinste uns an. Ein irres, diabolisches Grinsen.

„Es tut gar nicht weh," sagte er. Sein Blut tropfte auf den verdreckten Teppich. Plopp, Plopp, Plopp – wie ein kaputter Wasserhahn.

„Die Idiot," wiederholte ich.

Ivan streckte uns seinen Arm nochmal entgegen. „Blutsbrüder!"

Zeus verdrehte die Augen und sank in sich zusammen. Er war ohnmächtig geworden.

„Der König ist tot, lange lebe der König," jauchzte Ivan. Er nahm einen weiteren Schluck aus der Wodkaflasche.

„Scheiße," sagte ich. „Ihr seid beide Idioten."

Ivan lachte.

Ich zog mein Telefon aus der Tasche und rief einen Krankenwagen. Dann ging ich nach draußen. Ich brauchte frische Luft. Nach zehn Minuten sah ich Blaulicht. Ich winkte die Ambulanz heran. Ich fragte mich, ob Ivan noch lebte oder mittlerweile verblutet war.

Ivan lebte noch, obwohl er mittlerweile auch recht blass war. Er saß tief eingesunken in seinem Sessel, die Wodkaflasche zwischen den Beinen. Er war über und über mit Blut beschmiert. Zeus war noch immer ohnmächtig.

„Was ist denn hier passiert? Ein Streit?" fragte einer der Sanitäter, während er Ivans Arm versorgte.

Ivan schüttelte den Kopf. „Geselliges Beisammensein unter Blutsbrüdern." Dann brach er wieder in sein irres Gelächter aus.

Der Sanitäter sah mich vorwurfsvoll an. Ich zuckte die Schultern, als wüsste ich von all dem nichts, als wäre ich selbst nur ein zufälliger Zeuge.

Dann kamen die Herren in Grün. Ich hatte sie zwar nicht gerufen, aber doch erwartet. Sie erwiesen sich als verständig. Ich erzählte von Zeus, der aufgesprungen war und uns mit himmlischer Autorität verkündet hatte, wir wären Könige. Von seiner Idee, Blutsbrüderschaft zu schließen. Von seinen vergeblichen Versuchen, sein göttliches Blut fließen zu lassen. Von Ivans Selbstverstümmelung. Und so weiter. Die Mienen der Beamten hellten sich auf. Am Ende grinsten wir uns alle an. Sie spendierten mir sogar einen Trip zurück zu meiner Wohnung. Den Drogentest bestand ich natürlich mit fliegenden Fahnen.

Als ich alleine war, atmete ich auf.

„Diese Idioten," murmelte ich. Dann machte ich es mir gemütlich. Ein Gläschen Wein, eine frische Schachtel Zigaretten Marke Ivan´s Beste. Nur Musik fehlte noch. Ich legte eine gebrannte CD von Zeus ein, die seit Wochen bei mir herumlag. Rhapsody of Fires überschnelle Riffs erfüllten den Raum wie eine Offenbarung. Und als der Sänger mit stark italienischem Akzent von einer tödlichen Gefahr zu singen begann, die das Königreich bedrohte, stimmte ich mit ein.

In Anbetracht der tödlichen Gefahr, die vor

meinem inneren Augen entstand, fühlte ich mich plötzlich stark. Ich ritt auf einem schwarzen Schlachtross vor meinen Truppen auf und ab. Ich zog mein Zauberschwert und richtete gegen den Feind, der sich uns gegenüber sammelte. Seine Zahl war Legion. Das Heer der Dämonen, Trolle und Orks erstreckte sich von einem Ende des Horizonts bis zum anderen.

Ich setzte meinen Totenkopfhelm ab. Wandte mich an meine Männer.

„Ihr kämpft nicht für mein Königreich, sondern für euer aller Königreich. Denn ihr alle seid Könige. Wir alle sind Könige."

*

Zeus war eine nie versiegende Quelle für schlechte oder rundheraus gefährliche Ideen. Und ich war ein treuer Gefolgsmann des Gottes, der grundsätzlich immer und alles mitmachte. Vor allem, wenn es sich um besonders schlechte oder gefährlich Ideen handelte.

Es war einer der seltenen Abende, an dem Zeus Geld hatte. Und wenn Zeus Geld hatte, was selten genug vorkam, waren seine Ideen besonders schlecht.

Unsere Stammkneipe hatte gerade zugemacht und wir schlenderten durch die Nacht. Nur leicht angetrunken aus irgendeinem Grund.

„Lass uns in den Schuppen mit den Kabinen gehen," schlug Zeus wie aus dem Nichts vor. Seine schlechten Ideen kamen immer wie Blitze.

„Der Schuppen mit den Kabinen" meinte ein Pornokino. Es hatte 24 Stunden geöffnet. Im Eingangsbereich fand man besagte Kabinen, in denen Gleitmittel und Küchenrollen bereit standen. Für fünf Euro konnte man aus sechs verschiedenen Filmen auswählen. Diese liefen dann 10 Minuten lang auf einem winzigen Bildschirm. Ging man weiter kam man in eine Bar mit einem kleinen Kinosaal, wo ebenfalls Pornos liefen. Das ganze Etablissement war, wie man sich denken kann, extrem schlecht ausgeleuchtet. Ich glaube, die einzigen Lichtquellen waren die schummrige Barbeleuchtung und die Leinwand.

Neben einer Prostituierten, die sich mit dem Barkeeper über die Theke hinweg unterhielt, waren wir die einzigen Gäste.

Zeus stupste mich an.

„Hol uns mal zwei Bier, ich zahl auch," sagte er und war schon in einem der riesigen, gepolsterten Kinosessel verschwunden.

„Zwei Bier bitte," sagte ich. Barkeeper und Prostituierte musterten mich. Dann bekam ich zwei kleine Gläser.

„Zwanzig Euro."

„Klar," sagte ich und schob das Geld in der Hoffnung über den Tresen, das Zeus mich entschädigen würde. Ich schlenderte zu meinem Gönner und drückte ihm das Bier in die Hand.

„Zwanzig Euro," sagte ich.

„Eins?"

„Beide."

„Ich zahl die nächste Runde," meinte Zeus.

„Klar," sagte ich verstimmt. Ich ahnte, es würde keine nächste Runde geben.

Wir rauchten, nippten an unserem Bier und sahen uns einen Porno auf einer vier mal drei Meter großen Leinwand an, die gerade mal drei Meter von uns entfernt war. Fasziniert betrachtete ich das behaarte Hinterteil eines Mannes und ein paar hängende Hoden. Irgendwo vor dem Arsch und seinen Hoden mochte sich der Arsch und die Geschlechtsöffnung einer Blondine befinden, die ihre besten Jahre bereits lange hinter sich hatte. Im Augenblick war davon aber nichts zu sehen.

Ich seufzte. Zeus aber starrte wie gebannt auf die Leinwand.

„Soll ich dir ne Kücherolle besorgen?" fragte ich. Er sah mich verwirrt an. Einen winzigen Augenblick, glaube ich, zog er mein Angebot ernstlich in Erwägung.

„Quatsch," sagte er dann.

„Ich kann mich wo anders hin setzen. Vielleicht an die Bar."

„Schwachsinn."

„Was auch immer, ich muss austreten," sagte ich und stand auf. Da ich in der Dunkelheit den Weg zu den Örtlichkeiten sowieso nicht finden würde, ging ich direkt zur Bar.

„Habt ihr auch Toiletten?"

„Wozu?" fragte er Barkeep argwöhnisch.

„Zum austreten, Meister, ich muss austreten."

Er warf einen Blick in Richtung Zeus.

„Ihr geht nicht zusammen. Das ist nicht der Bahnhof."

„Klar," sagte ich. Der Keep drückte mir einen Schlüssel in die Hand und wies mir den Weg.

Als ich zurückkam, fand ich meinen Platz an der Seite des Göttervaters besetzt. Die Prostituierte hatte meine Abwesenheit benutzt, um einen Angriff auf meinen Freund zu starten.

Zeus, das muss an dieser Stelle nochmals explizit erwähnt werden, war nicht gerade ein Hit bei den Frauen. Er war recht klein und trug

Klamotten aus dem vergangenen Jahrzehnt. Dass er chronisch pleite war und einen Hang zu spontanen Pathosausbrüchen hatte, half ebenfalls nicht. Außerdem wohnte er noch zuhause. Woraus er übrigens keinen Hehl machte.

Jemand, der gemeinhin von den Damen verschmäht wird, mag auf die Anträge einer Prostituierten vielleicht ein wenig zu empfindlich reagieren. Zeus auf jeden Fall reagierte ein wenig zu empfindlich. Ich glaube, in den drei Minuten, in denen ich austreten war, hatte er sich Hals über Kopf in die Hure verliebt.

Die beiden steckten die Köpfe zusammen. Tuschelten wie Verliebte. Hielten sich sogar die Hände. Und das alles, während auf der Leinwand die Großaufnahme eines schnurrbärtigen Mannes gezeigt wurde, der gerade einen Höhepunkt erlebte.

Ich wollte die beiden nicht weiter stören. Also setzte ich mich ein paar Plätze weiter und steckte mir eine Zigarette an. Angestrengt versuchte ich zu erlauschen, was Zeus und das Objekt seiner Begehrlichkeit schwatzten. Doch das Stöhnen und Schreien einer barbusigen Walküre machte das unmöglich. Trotzdem, irgendetwas am Ton der Prostituierten schien mir sonderbar. Ihre Stimme klang weiblich, aber… nicht richtig. Mehr so, als versuche ein Mann mit einer sehr hohen und sehr geübten Stimme, eine Frau nachzuahmen.

Ich warf ein paar verstohlene Blicke in Richtung der Prostituierten. Trotz der Dunkelheit begannen mir ein paar Sachen aufzufallen. Die breiten Schultern, der hohe Wuchs, die sehnigen Unterarme und Beine.

Aber ja, ein Transvestit, natürlich.

Ich fragte mich, ob ich Zeus warnen sollte. Es wäre wohl meine Pflicht als sein Freund gewesen. Auf der anderen Seite war da noch die Sache mit der gestohlenen Runde…

Ich beschloss die Dinge ihren natürlichen Lauf nehmen zu lassen und zog mich an die Bar zurück.

„Noch´n Bier?" fragte der Keep.

„Kein Geld mehr, sorry," sagte ich. Ich stellte mich darauf ein, rausgeworfen zu werden. Aber der Keep zapfte erst sich eines und dann mir und er gesellte auch noch zwei Kurze dazu. Wir stießen an.

„Arbeitest du jede Nach hier?" fragte ich.

„Außer Montach und Donnerstach."

„Einsamer Job," meinte ich.

Der Keep zuckte die Schultern. Für einen Barkeeper war er wenig gesprächig.

„Sag mal, die Kleine, die sich an meinen Kumpel ran macht. Kannst du mir was über die erzählen?" fragte ich.

Der Barkeep zuckte die Schultern.

„Und?" beharrte ich.

„Was willst´n wissen? Hast keine Augen im Kopf?" fragte er keineswegs unfreundlich.

„Bisschen düster hier drinnen."

„Mandy, nennt die sich."

„Oh, Mandy.

„Mandy Candy."

„Netter Name," sagte ich.

„Hm. Noch´n Kurzen?"

„Klar doch."

Wir stießen an, der Barkeep und ich, ein Herz und eine Seele.

„Mandy Candy also…"

„Jap."

„Mordsname."

„Jap."

„Wie groß ist die eigentlich? 1.90 oder so?"
Der Keep funkelte mich an.

„Breite Schultern für ne Lady," meinte ich. „Sportlich und so."

Der Keep grinste. Zeigte mir eine Reihe schiefer Zähne. Unser Spiel schien ihm Spaß zu machen.

„Hat gewiss ihre Qualitäten," sagte ich.

„Hat sie," stimmte der Keep zu.

„Ja, ja."

Plötzlich tauchte Mandy neben mir auf.

„Bring uns doch mal zwei lange Kurze, Ernst, und lass sie kommen," sagte sie. Sie schob einen Fünfziger über die Theke. „Der Herr ist in Spendierlaune." Im gleichen Moment war sie schon wieder verschwunden, zurückgesunken in die Finsternis, aus der sie gekommen war.

„Verdammt noch mal, ein fünfziger..." murmelte ich.

„Hm?" fragte Ernst.

„Ach nichts, schon gut."

Ernst servierte Zeus und Frau Mandy zwei monströse Schnäpse. Die beiden tranken gierig davon. Dann legte Mandy ihre Hand auf Zeus glühende Wange. Und küsste ihn. Und Zeus legte seine Hand auf Mandys glühende Brust. Und küsste sie.

„Ich sollte mal mit ihm reden," meinte ich.

„Lass mal lieber, Freundchen," sagte Ernst mit einer Stimme, die keinen Widerspruch duldete.

„Noch einen Drink?" fragte ich. Ernst ließ sich nicht lumpen.

Nach ein paar Minuten saß Mandy auf Zeus´

Schoß. Die beiden ließen sich gehen. Vor allem Mandy war wild. Was sie tat und wie sie es tat, war sexy, das musste ich zugeben. Ich stellte mir vor, wie Zeus darauf reagieren würde, wenn er Mandys Schwänzchen fände.

Sein Problem. Geizhals mit seinem Fünfziger, den er nicht mit seinem Kumpel teilen will. Auf jeden Fall, würden Ivan und ich was zu lachen haben.

Dann standen die beiden auf. Mandy gab Zeus noch einen langen Kuss mit langer Zunge. Sie rieb an seinem Schritt herum. Er wollte das gleich tun, doch geschickt leitete sie seine Hand an ihre Brust. Sie wusste, was sie tat, das musste ich zugeben. Sie war gut.

Die beiden verschwanden in einer der Videokabinen.

„Ich schätze, ist Zeit für mich," sagte ich. Ich war sicher, dass Zeus jeden Augenblick aus der Kabine gestürmt käme.

„Noch einen aufn Wech?" fragte Ernst.

„Klar."

Ich steckte mir eine Zigarette an und drehte meinen Stuhl, so dass ich die Kabinentüre im Blick hatte. Seltsamerweise kam Zeus nicht schreiend und fluchend heraus gerannt. Zweifel kamen in mir auf. Konnte ich mich wirklich derart getäuscht haben? War Mandy am Ende doch nur eine Frau mit einem etwas zu maskulinem Körperbau? So etwas konnte ja in der bunten und wunderbaren Welt der Natur sicherlich vorkommen.

„Sag mal Ernst, ich hätte schwören können, das Mandy, ein, na... ein Kerl ist. Oder war. Nicht, dass ich etwas dagegen hätte. Keine Vorurteile hier. Ich dachte eben nur so."

„Jap," meinte Ernst.

„Jap? Sie ist ein Kerl oder nicht?"

„Manuel ist sie untertags. Ich glaub, sie arbeitet in einer Bank. Noch einen?"

„Klar, Ernst, warum nicht."

Eine Viertelstunde später öffnete sich die Kabinentür. Mandy und Zeus taumelten Arm in Arm zu uns zurück. Mandy wischte sich über den Mund. Ihr Lippenstift war verschmiert. Ihre Frisur aufgelöst. Sie kicherte in einem fort.

„Ich muss mal mein Make Up richten," sagte sie und drückte Zeus noch einen dicken Kuss auf die Wange. Der grinste mich an. Ein breiteres Grinsen habe ich in meinem Leben nicht gesehen.

„Fertig?" fragte ich.

„Kann man sagen, mein Freund."

„Die nächste Runde geht auf dich?" fragte ich.

„Oh, ich bin blank. Wie wär´s, du gibst noch einen aus. Ich zahl das nächste mal."

„Klar. Hey Ernst, noch zwei kurze auf den Weg, bitte," sagte ich.

Ernst stellte uns zwei winzige Gläser hin. „Das macht 8 Euro zusammen."

Ich gab Ernst meinen letzten Zehner.

„Der Rest ist für dich," meinte ich.

Mandy kam zurück. Anstatt ihr Make Up aufzufrischen, hatte sie ihr Gesicht abgewaschen. Wangenknochen und Kinn traten stark hervor. Sie machte weit ausholende, sehr unweibliche Schritte. Ihre Stöckelschuhe schmetterten förmlich auf die Fliesen. Zeus sah sie verstört an.

„Liebling," schnurrte sie und schmiegte sich an ihn. Es war nun nicht mehr zu übersehen, dass Mandy ein Manuel war.

Zeus behielt Fassung so gut er es vermochte.

Wir tranken aus. Ich verabschiedete mich von Ernst. Der knurrte mich nur an. Zeus löste sich aus der Umklammerung seines Abenteuers. Dann stürmte er aus dem Kino.

Er ging sehr schnell.

„Hast du´s eilig, oder was?" fragte ich.

„Nur müde, das ist alles," erwiderte er.

„Ja, das kann ich verstehen. Was hast du denn mit ihr gemacht?" fragte ich unschuldig.

„Geht dich einen Scheiß an!", fauchte Zeus mich an.

„Nu sag schon! Wie war´s denn?"

Zeus schwieg. Dunkle Wolken formten sich über seinem Haupt, aus denen winzige Blitze schossen.

„Also für mich wär die nichts gewesen," sagte ich.

„Halts Maul!"

„Zu... männlich irgendwie."

„Klappe sonst Schnauze."

„Vielleicht für nen Zwanziger, aber fünfzig sind zu viel für nen Blowjob. Das war´s doch, was du bekommen hast, nich?"

Zeus schwieg.

„Außer natürlich sie lässt dich ihn hinten reinstecken. Anal kostet immer ein bisschen extra. In dem Fall ist ein Fuffi kein schlechter Deal. Magst du das, Zeus? Anal? Ihn hinten reinstecken?"

Zeus wirbelte herum und schlug nach mir, traf mich aber nicht. Ich sprang einen Schritt zurück.

„Vorsicht, Vorsicht," rief ich.

„Halt, deine Fresse, du Arschloch. Sie hat mir nur einen geblasen, das war alles."

„Sie?"

„Wichser!"

Ich konnte mich vor Lachen nicht mehr halten. Sank auf den feuchten Asphalt.

„Du hättest mich warnen können! Du hast es gewusst!"

Ich konnte nichts mehr erwidern. Ich rollte mich auf dem Bürgersteig und lachte und lachte.

Zeus ging weiter, bog um eine Ecke. Ich beschloss, ihm nicht weiter nachzusetzen. Stattdessen trottete ich nach hause. Als der Morgen graute, drückte ich das müde Köpflein auf mein Kissen. Ich musste etwas Schlaf bekommen. Immerhin würden wir diesen Abend wieder ausgehen. In zehn bis zwölf Stunden. Und Zeus schuldete mir noch eine Runde. Wenigstens eine.

*

Es gibt Nächte, in denen ist alles möglich. Ich spreche von jenen warmen Sommernächten, die keinen Schlaf kennen. Die Luft vibriert von Leben und Begehren. Und die Straßen sind voll verirrter Seelen, die ziellos in der Hoffnung durch die Nacht wandern, etwas außerordentliches zu erleben.

Zeus, Ivan und meine Wenigkeit hatten den Abend im Labyrinth begonnen. Einer alternativen Disko. Wo man alternativen Rock spielte. Wo die Frauen Jeans und T-Shirts trugen und die Männer ebenso. Wo man auf dem Klo Pot rauchte, aber Pillen verabscheute.

Ich mochte das Labyrinth. Es war ein guter Ort. Ein dunkler Ort mit vielen dunklen Nischen. Was ich nicht mochte, waren die Scharen von Studis, die sich dort herumtrieben. Ich muss präzisieren: Ich mochte nicht die Scharen von Personen, die keine Geschöpfe der Unterwelt waren. In den guten alten Zeiten war das Labyrinth ein Absteige für Absteiger gewesen. Doch irgendwann hatten die Studis beschlossen, dass es hip war, in einer Absteige zu feiern. Außerdem waren die Bierpreise moderat. Und die Technoschuppen mit Schülern überlaufen. Seither war das Labyrinth jedes Wochenende hoffnungslos überlaufen. Um das Stimmgewirr zu übertönen, drehte der DJ die Musik so weit auf, dass die altertümlichen Boxen erbärmlich krachten.

„Ich hasse Menschen," sagte, nein schrie ich.

Ivan, der mir gegenüber saß, nickte verständig.

Zeus sagte: „Lass uns Mädels angraben." Er meinte damit, dass ich den Eisbrecher spielen sollte. Ich besaß nämlich so wenig Selbstrespekt, dass ich alles und jeden ansprach, wenn der Göttervater mir den Befehl gab.

Aber heute hatte ich keine Lust.

„Lass uns Billard spielen," schlug ich stattdessen vor. Nicht weil ich Billard mochte, sondern weil Zeus es tat. Es würde ihn eine Weile von den Mädels ablenken.

Wir gingen in einen Nebenraum, wo ein versiffter Tisch stand. Ein paar Türken spielten. Sie waren ziemlich gut. Der Duft von Haarspray und süßem Parfüm hing in der Luft. Es war zum Kotzen.

Zeus beobachtete die Türken eine Weile.

„Ich glaub, ich kann die schlagen," meinte er. Weil Zeus mich grundsätzlich schlug, glaubte er von sich, er wäre ein kompetenter Spieler. Er war es nicht. Ich war nur unglaublich schlecht in diesem Spiel.

„Das bezweifle ich stark," erwiderte ich. Aber es half nichts. Zeus legte einen Zehner auf den Tisch. Das war die erste schlechte Idee dieses Abends. Die Türken sahen ihn verwirrt an. Ich war auch verwirrt. Wir alle waren verwirrt mit Ausnahme von Zeus.

„Was willst du?" fragte einer der Türken.

„Ich forder´ dich heraus, Kümmellümmel" sagte Zeus. Der Türke überragte meine Freund um einen Kopf. Er musterte ihn aufmerksam.

„Gut, du Penner."

Der Türke fegte Zeus vom Tisch. Es war erbärmlich. Natürlich hatte Zeus seine Lektion nicht gelernt. „Leih mir nen Zwanziger! Doppelt oder nichts," sagte er.

„Du bist schon pleite?" fragte ich entsetzt.

„Nicht mehr lange. Ich kann ihn schlagen."

„Vergiss es, von mir bekommst du nichts mehr."

„Und? Was ist? Scheißt dir in die Hose oder was?" fragte der Türke ungeduldig.

„Gleich," meinte Zeus. Er wandte sich an Ivan. Der gab ihm das Geld ohne mit der Wimper zu zucken.

Zeus wurde vom Tisch gefegt.

Ich lachte.

„Der Tisch ist schief. Und der Stoff ist klebrig vor lauter Kotze und Bier. Wer kann da vernünftig spielen?" verteidigte sich Zeus.

So begann unser Abend. Und von da an ging es mit uns bergab. Es war grandios.

Zwei Stunden später wurden wir herausgeworfen, meint: Ich wurde rausgeschmissen. Meine beiden Kompagnons folgten mir in stiller Solidarität. Warum man mich aus dem Labyrinth verstoßen hatte? Ich hatte mich bis auf Schuhe und Unterhose ausgezogen und war auf die Tanzfläche gesprungen. Man hatte Anstoß daran genommen. Wenigstens war Ivan so umsichtig gewesen, meine Klamotten zu retten.

Wir legten das wenige, was wir noch an finanziellen Mitteln hatten, zusammen und kauften uns an einer Tankstelle zwei Flaschen Wodka. Trinkend und lachend stromerten wir ziellos durch die Straßen. Es war warm und alles schien möglich. Wir erwarteten hinter jeder Ecke konnte uns etwas außerordentliches erwarten.

Und wir fanden es. In Gestalt eines Kartons. Er musste eine Matratze enthalten haben. War etwa einen Meter breit und zwei hoch.

„Ein Sarg," rief Ivan aus.

„Ja," jaulte Zeus. „Ein Sarg."

„Edgar," sagte ich betroffen. „Das war unser Bruder Edgar."

„Wir müssen ihn bestatten," meinte Zeus. Das war die zweite schlechte Idee dieses Abends.

„Er hat das Meer geliebt," meinte Ivan düster.

„In den Fluss also," meinte ich. „Die meisten Flüsse münden ins Meer."

Wir schulterten den Karton und gingen Richtung eines Flusses, der unseres Wissens nach im Meer mündete. Dabei stimmten wir ein fürchterliches Wehgeschrei an. Die Leute drehten sich entsetzt nach uns um. Manche mochten wirklich glauben, wir trügen eine Leiche.

Wir warfen Edgar von einer Fußgängerbrücke. Es war eine breite Brücke aus dem 15. Jahrhundert. Ehrwürdige Statuen von Fürsten und Bischöfen und Fürstbischöfen wurden Zeugen der Bestattung.

Danach setzten wir unseren Weg traurig fort. Immer wieder erinnerten wir uns gegenseitig an jene wundervollen und magischen Tage, an denen Edgar noch unter uns weilte. Wir vermissten ihn sehr. Oh Edgar, mögest du in Frieden ruhen.

Wir tranken auf sein Seelenheil. Die erste Flasche war schon leer. Ivan übergab sich auf das Pflaster. Dann setzte er sich in einen Hauseingang und schloss die Augen.

„Was los, Alter? Komm weiter…"

„Geht ohne mich weiter. Ich bin erledigt."

„Wir lassen dich nicht zurück."

„Ich bin erledigt. Rettet euch, ich halt sie auf."

„Ivan! Nein!"

„Geht ihr Idioten! Ich halt sie auf, so lang es geht. Rettet euch. Und sagt meiner Frau, dass ich sie liebe."

Zeus und ich ließen Ivan wie einen gefallenen Kameraden zurück. Erst Edgar, jetzt der Russe. Die Nacht forderte ihre Opfer.

Zeus torkelte bedenklich. Immer wieder taumelte er auf die Straße. Vorbeifahrende Autos hupten uns böse an und wir schrien ihnen böse Ausdrücke hinterher.

Irgendwann stolperte ich über ein Aluminiumgestell, das aus einer Mülltonne ragte. Es sah ein bisschen aus wie eine Krücke.

„Du brauchst eine Krücke," sagte ich zu Zeus. Ich zog das Ding aus dem Müll. Eine alte Bananenschale hing an seinem Ende. Zeus stützte sich darauf. Es sah seltsam aus, funktionierte aber.

„Ich bin ein verdammter Krüppel," schrie er in einem fort. „Seht mich an! Was ist aus mir geworden? Was hat der Krieg aus mir gemacht? Ein armer Krüppel!"

Wir leerten die zweite Flasche. Ich sah alles wie hinter einem Schleier. Mir war übel und ich war unfähig zu sprechen, geschweige denn gerade zu gehen. Dabei war ich mir über meinen Zustand völlig bewusst. Inwendig war ich erstaunt, dass ich überhaupt noch aufrecht stehen konnte und nicht wie Ivan in einer Lache aus Kotze und Pisse schlief oder wie Edgar in einem Fluss Richtung Meer trieb. Zeus aber schien wunderbar belebt. Er gab sich sehr aggressiv. Drohte mit seiner Krücke unschuldigen Passanten. Schrie sie an, sie seien an seinem Unglück schuld. Für sie habe er gekämpft und für sie seien Edgar und Ivan drauf gegangen. Und wozu das alles? Um welchen Lohn? Es war großartig.

Dann sahen wir einen Streifenwagen, der am Straßenrand stand. Uns kam gar nicht die Idee, einen anderen Weg zu gehen.

„Schweine," schrie Zeus. Er holte aus und warf die leere Wodkaflasche in Richtung des Wagens. Wunderbarerweise traf das Projektil. Es gab ein lautes Scheppern, als die Flasche von der Kühlerhaube abprallte. Eine stattlich-staatliche Delle blieb zurück. Die Beamten sprangen aus dem Wagen und eilten auf uns zu. Eine junge Frau und ein junger Mann, beide blond.

„Was soll das hier?" fragte der Beamte.

Zeus fiel auf Knie. Er streckte die Hände vor sich.

„Nimm mich fest! Nein, besser knall mich ab. Ich kann nicht mehr. Es hat keinen Sinn mehr."

Die Beamtin sah Zeus verstört an, dann wandte sie sich mir zu.

Meine Stimme kehrte zurück.

„Na, Kleine," lallte ich.

„Schlag mich tot, schlag mich tot," schrie Zeus den Beamten an. Dieser wich einen Schritt zurück.

Besorgt fragte er: „Brauchst du Hilfe? Ist das eine Krücke?"

„Schlag mich tot, ich kann nicht mehr. Ich halt´s nicht mehr aus. Erst Edgar und dann Ivan. Wer kann das aushalten! Ich bin ein Krüppel, ein verdammter Krüppel, schlagt mich doch endlich tot."

Der junge Beamte war offensichtlich mit der Situation überfordert. Auf jeden Fall schien ihm die Idee, einen Invaliden festzunehmen, nicht gerade zuzusagen. Auch die Beamtin war sprachlos. Ihr fragender Blick ging zwischen Zeus, mir und ihrem Kollegen hin und her.

„Wir haben einen Ruf, steig ein," sagte der blonde Gesetzeshüter plötzlich. Das war natürlich eine Lüge. Das Radio hatte die ganze Zeit über geschwiegen. Die beiden hatten einfach keine Lust, sich mit uns auseinanderzusetzen. Das war verständlich. Wir waren so tief gesunken, dass man uns nicht einmal mehr festnehmen wollte, obwohl wir Staatseigentum beschädigt hatten. Der Streifenwagen ließ die Reifen quietschen. Und verschwand hinter der nächsten Ecke auf der Suche nach neuen Abenteuern.

„Wir hätten sie Richtung Ivan schicken sollen…" murmelte ich.

Zeus winkte ab, dann erbrach er sich.

Wir torkelten weiter in einen nahen Park. Zeus warf die Krücken weg.

„Ein Miracle. Ich bin healed," sagte er. Er sprach die Worte sehr langsam aus. Auch er war am Ende seiner Kräfte angekommen.

Wir ließen uns ins Gras fallen. Mir war schwindelig. Ich überlegte mir, ob ich auf allen Vieren nach hause kriechen oder einfach hier im Park schlafen sollte. Meine Wohnung war nicht zu weit weg. Aber das Gras war ganz weich und die Nacht wunderbar warm. Ich stierte in den Nachthimmel. Die Sterne drehten sich. Und ich drehte mich mit ihnen. Alles drehte sich um mich und ich drehte mich um alles. Zeus murmelte etwas vor sich hin, das ich nicht verstand.

Plötzlich schob sich ein Schatten zwischen die Sterne und mich.

„Ich bin der Tod," sagte er Schatten.

„Ha."

„Hast du ne Kippe?" fragte der Tod.

Ich reichte ihm meine Schachtel.

„Feuer?"

Umständlich fingerte ich ein Plastikfeuerzeug aus meiner Tasche.

„Firma dankt," sagte der Tod. Im Schein der Flamme konnte ich das Gesicht eines jungen Mannes erkennen.

„Wer bist du?" fragte ich den Tod.

„Ich bin der Tod. Ich bin Krankheit und Pest, Gewalt und Hunger," sagte der Tod.

„Ha."

„Ich behalt die Ziggis, aber das Feuer kannst du wieder haben."

„Klingt fair," sagte ich.

„Ich glaub, dein Kumpel stirbt," sagte der Tod.

Ich rappelte mich auf. Zeus schnarchte friedlich neben mir.

„Kann sein."

„Ich bin hier, um seine Seele in die

Unterwelt zu holen."

„Ha."

Der Tod nahm einen tiefen Zug und blies hörbar aus.

„Wie ist es so in der Unterwelt?", fragte ich den Tod.

„Dunkel und kalt und trostlos. Ewige Agonie. Das einzige, was du zu hören bekommst, ist dein eigenes Geheul."

„Hm. Ist das so für alle?"

„Für alle," bestätigte der Tod.

„Für Gute und Schlechte."

„So ist es."

„Ha."

Der Tod rauchte aus und schnippte die Zigarette in die Nacht.

„Danke für die Ziggies," sagte er.

„Kein Problem."

„Ich nehme jetzt die Seele deines Freundes."

„Verstehe."

Der Tod machte eine Bewegung als ziehe er etwas aus Zeus. Dann betrachtete er dieses etwas auf seiner Hand.

„Wunderschön," meinte er.

„Allerdings," stimmte ich zu, obwohl ich nichts sehen konnte.

Der Tod schloss die Hand.

„Ich gehe jetzt."

„War nett, deine Bekanntschaft gemacht zu haben."

„Wir sehen uns wieder."

„Oh."

„Und zwar bald."

„Ha."

„Und danke nochmal für die Ziggis, Kumpel."

„Selbstverständlich."

Die lustigen Schwestern

Pemphredo und Eyno sind im Mythos zwei Jungfrauen, die als Greisinnen geboren wurden. Sie bewachen den Eingang zum Garten der Hesperiden. Die beiden teilen sich ein Auge und einen Zahn. Die leihen sie einander zum wechselseitigen Gebrauch. So leben die beiden sonderbaren Jungfrauen in Eintracht und wechselnder Abhängigkeit miteinander. Die Armut macht sie verträglich. Doch sie teilen nicht nur Auge und Zahn, sondern auch alles übrige. Nahrung, Kleidung und ihre Männer.

Anna und Marie waren Ärztetöchter. Ihre Eltern unterhielten eine sehr erfolgreiche Praxis in Heidelberg. Geld spielte für sie keine andere Rolle, als eben zu kaufen, was man wollte.

Anna, die ältere, war sehr schön. Marie, die jüngere, hatte ein verwachsenes, d.h. ein stark verkürztes Bein. Die Eltern hatten Anna schon von frühster Kindheit an eingeschärft, dass sie sich stets um ihre jüngere Schwester zu kümmern habe. Es war ihre moralische Pflicht. Da sie zu Unrecht von der Natur begünstigt worden war. Marie dagegen war das streng gehütete Nesthäckchen. Überschüttet mit Liebe und in allem von ihren Eltern und ihrer Schwester und der ganzen Welt unterstützt.

Die beiden lernten Violine und Klavier. An Annas Spiel, wie perfekt es auch war, hatten Eltern und Lehrer ständig etwas auszusetzen. Es ginge noch besser, sagten sie, wenn sie einen kleinen Fehler machte, sie strenge sich nicht genug an. Spielte sie dagegen fehlerlos, meinten sie, es klänge leblos und mechanisch. Sie konnte es keinem recht machen. Wenn aber Marie ein kleines Stückchen fast fehlerfrei zum besten gab, applaudierte man ihr von allen Seiten zu: „Diese Leistung! Und das trotz ihres Zustands!" Maries Behinderung war nämlich ein „Zustand."

Die Eltern wurden auch in allen anderen Bereichen des Lebens nicht müde, Anna wissen zu lassen, dass sie irgendwie von ihr enttäuscht waren. „Gerade von dir hätten wir mehr erwartet", war ein Satz, den sie oft zu hören bekam.

Dagegen wurden sie nicht müde, Marie wissen zu lassen, dass sie stets und über alle Maße stolz auf sie waren. „Toll hast du das gemacht und das, trotz deines Zustands!" war ein Satz, den sie oft zu hören bekam.

Anna wollte Musik in Wien studieren. Marie wollte Lehramt Deutsch und Latein an der Universität studieren, an die auch ich zufällig ging. Die Eltern sandten beide in meine Richtung. Marie konnte auf keinen Fall alleine in eine fremde Stadt gehen. Anne musste sie begleiten. Es war ihre Pflicht als die von der Natur begünstigtere der beiden. Sie war nun voll für Marie verantwortlich.

„Denk doch an deine arme Schwester und ihren Zustand," sagten sie. Und: „Ein Musikstudium, was soll das denn bringen? Studier´ lieber was anderes."

Also schrieb sich Anna in Pädagogik ein und Marie in ihren Lehramtsstudiengang.

Wenn man in eine fremde Stadt zum Studieren geht, ist das wie ein Neuanfang. Man ist wie ein unbeschriebenes Blatt. Man beginnt ein neues Leben.

Auch Anna wollte ein unbeschriebenes Blatt sein und neues Leben beginnen, genauer: sie wollte *ihr* Leben beginnen. Denn bislang war sie immer nur für ihre Schwester dagewesen. Wegen ihrer Schwester hatte sie nie eigene Freunde gehabt oder eigene Interessen verfolgen können. Doch das sollte sich jetzt ändern. Sie wollte ein Zimmer in einem Studentenwohnheim beziehen und Leute kennenlernen und Freundschaften schließen.

Aber die Eltern bestanden darauf, ein Haus für die beiden zu mieten. Es war behindertengerecht ausgestattet. Wegen Maries „Zustand." Dabei war Marie keineswegs hilflos. Abgesehen von ihrem Humpeln und gewissen Schwierigkeiten, Treppen auf- und abzusteigen, konnte sie alles, was andere auch konnten.

Doch die Eltern zahlten und bekamen ihren Willen. Und sie schafften auch ein Auto an, damit Anna einkaufen oder ihre Schwester zu ihren Vorlesungen fahren konnte.

*

Bis sie an die Uni kam, hatte Anna noch keinen festen Freund gehabt. Es gab zwar immer genug Bewerber, denn sie war sehr hübsch, doch aus Rücksicht auf Marie kam sie über ein paar Stelldicheins nicht hinaus. Ihre Mutter stand dahinter. Eines Tages, als Anne besonders schwer verliebt war und keine Augen mehr für ihre Schwester hatte, nahm sie sie zur Seite. „Wie würdest du dich fühlen, wenn du behindert wärst und hättest eine Schwester, die das nicht ist, und die Jungs blickten nur ihr nach, für dich aber hätten sie nichts übrig? Das wäre doch schlimm, oder? Für Marie ist das schlimm. Sie weint jede Nacht wegen dir. Halt dich also bitte ein wenig zurück. Um Maries willen. Sie kann ja nichts für ihren Zustand." Anne wollte so etwas erwidern wie, dass sie ja auch nichts dafür könne, nicht behindert zu sein. Aber sie tat es nicht. Stattdessen gab sie ihrem Liebling einen Korb und weinte nun an Stelle ihrer Schwester ihre Kissen voll.

Doch die Dinge änderten sich ein wenig zu Annas Gunsten. Denn auch Marie hatte Bedürfnisse. Und auch sie hatte noch keinen festen Freund gehabt und wollte das nun ändern.

Sie schlug vor, ein Fest zu veranstalten. In ihrem Haus. Mit Wein und Musik. Anna sollte ihre Kommilitonen einladen. Ein wenig unbeholfen entwarfen die beiden ein Flugblatt. Oder eher eine Einladung. Und verteilten es in ihren Vorlesungen. Marie verteilte an ihre Freundinnen. Und Anna an schmucke Jungs.

Auch ich bekam eine solche Einladung. Natürlich war mir Anna schon zuvor aufgefallen. Wie gesagt, sah sie sehr gut aus. Vor allem ihr Gesicht war bemerkenswert schön. Dies trotz oder gerade wegen einer gewissen sehnsüchtigen Traurigkeit, die in ihren Augen wohnte. Auf jeden Fall stand Anna plötzlich vor mir und überreichte mir feierlich eine Einladung.

„Wir geben ein Fest. Ein Sommerfest. Meine Schwester und ich würden uns freuen, wenn du auch kämst," sagte sie.

„Ein Sommerfest?" fragte ich. In meinen Kreisen, den Kreisen der Hölle, nannte man feuchtfröhliche Zusammenkünfte einfach Partys oder Sausen. Aber gewiss nicht Feste. Ein Fest, vor allem ein Sommerfest war etwas aus einem Rosemunde Pilcher Roman. Es hatte mit britischen Familien zu tun, langen Tischen, auf denen weiße Tücher lagen, Gänseleberpastete, Portwein und karierten Pullis.

Ich betrachtete Annas Pulli. Er war nicht kariert und wölbte sich wundervoll über ihren Brüsten.

„Klar", sagte ich. „Gerne."

„Es gibt keine Kleiderordnung. Ein Hemd ist in Ordnung, Krawatte und Anzug müssen nicht unbedingt sein" sagte sie.

„Ha!"

„Wir beginnen pünktlich um sieben mit einem kleinen Imbiss und sollten gegen elf fertig sein."

„Verstanden."

Sie lächelte mich etwas schüchtern an und ging dann weiter.

Mein Herz klopfte.

*

Ich erschien pünktlich um sieben. Das Haus der Schwestern war ein Flachdachbungalow aus den Siebzigern. Er lag am Rande eines gediegenen Villenviertels, wo Anwälte, Ärzte und höhere Beamte in beschaulicher Idylle lebten. Ich trug ein weißes Hemd, frisch gewaschen und anständig gebügelt. Sogar meine Schuhe hatte ich gesäubert.

Ich schlenderte durch den gepflegten Vorgarten und drückte die Klingel. Wenig später öffnete Anna die Türe.

„Wie schön, dass du es geschafft hast," sagte sie.

„Würd ich mir um nichts in der Welt entgehen lassen," erwiderte ich.

„Komm, wir fangen gleich an."

Das Fest war wirklich ein Fest. Ein langer Tisch, mit weißem Tischtuch gedeckt, stand im Wohnzimmer. Dessen Flügeltüren waren zum Garten hin weit geöffnet. Man spielte klassische Musik. Anna stellte mich zuerst ihrer Schwester vor. Ich reichte ihr die Hand. Sie ging mir kaum bis zur Brust und stand wegen ihrem verkürzten Bein etwas schief. Aber ihr Gesicht war ebenmäßig, keineswegs unhübsch, wenn auch ein wenig gewöhnlich. Wir redeten ein paar Worte miteinander. Was studierst du? Wo kommst du her? Höfliche Belanglosigkeiten.

Das Sommerfest ging seinen Gang. Wir waren insgesamt etwa zwanzig Leute. Ungefähr zehn Mädels, alle recht unscheinbar. Und ebenso viele junge Männer, alle recht ansehnlich, aber eindeutig von der zahmen und braven Art waren. Es waren zähe Stunden mit stockenden Gesprächen. Ich trank Wein aus einem winzigen Glas. Es war qualvoll. Ich hatte das Gefühl, dass mein Körper den Alkohol genauso schnell abbaute, wie er ihn aufnahm. Man durfte sich nämlich nicht selbst nachschenken, sondern musste warten, bis die Gastgeber eine neue Runde austeilen ließen. Was selten genug geschah. Ich litt Tantalusqualen.

Gegen halb zehn war nur noch eine Handvoll Gäste übrig. Auch ich wollte mich verabschieden.

„Aber bleib doch noch," meinte Marie.

Also blieb ich. Gegen elf war ich mit den beiden Schwestern allein. Wir saßen mittlerweile draußen. Aus dem Haus drang gedämpfte Klaviermusik. Der Wein floss jetzt reichlicher. Ich fand mein Glas stets gut gefüllt.

Wein macht mich philosophisch. Und auch

ein wenig melancholisch. Wir unterhielten uns über Gott und die Welt. Es war ein gutes Gespräch zwischen Fremden. Eigentlich sprach nur ich. Nein, ich sang. Ich stimmte die Gesänge des Maldoror an und rezitierte ein paar Gedichte von Baudelaire und Blake, die ich auswendig kannte. Und die beiden Schwestern lauschten sichtlich gebannt. Und schenkten kräftig nach. Schließlich verschwanden sie beide in der Küche. Nach ein paar Minuten kamen sie zurück.

„So, jetzt ist es spät," sagte Anna.

Ich verstand.

„Ja, dann brech ich mal auf. Es war ein schöner Abend. Vielen Dank dafür," sagte ich höflich.

„Du kannst im Keller übernachten, wenn du willst," sagte Anna.

„Wir haben da ein Gästezimmer," ergänzte Marie. „Es gibt auch eine Dusche."

Ich wusste nicht so recht, was ich damit anfangen sollte. War das eine Einladung zum Sex oder nicht? Und wenn, von wem kam sie? Etwa von beiden? Gegen Anna hätte ich nichts gehabt. Ganz im Gegenteil. Aber Marie... Sie humpelte doch recht stark mit ihren Krücken. Die Vorstellung mit einem Krüppel zu schlafen, war irritierend. Unwillkürlich musste ich an die bucklige Kirsten denken. Eine bittere Erinnerung.

Anna hackte sich bei mir ein.

„Komm," sagte sie. Ich folgte ihr widerspruchslos. Hinter mir hörte ich das Klacken von Maries Krücken.

Anna führte mich über eine Außentreppe in einen geräumigen Kellerraum. Der Boden war mit grünen Teppichfliesen ausgelegt. Kaltes Licht kam von surrenden Neonröhren. Es gab drei altmodische Betten. Zwei waren zusammengeschoben, das dritte stand abseits.

„Hier kannst du schlafen," sagte Anna und zeigte auf eine der zusammengeschobenen Schlafstätten. Das Bett war sehr ordentlich gemacht. „Und hier geht es in die Dusche. Vielleicht möchtest du duschen."

„Jetzt?"

„Warum nicht?"

„Ok."

Ich nahm eine kurze Dusche. Die zweite an diesem Tag. Aber wenn sie darauf bestand... Außerdem würde es helfen, den Alkohol aus meinem System zu vertreiben. Es ist weder einfach, noch besonders genussvoll betrunken Liebe zu machen. Fall es das war, worauf es die Schwestern angelegt hatten.

Als ich aus der Dusche kam, lag Marie in dem freistehenden Bett. Anna musste ihr in meiner Abwesenheit geholfen haben, die Kellertreppe herunterzusteigen. Anna lag auf einer Seite der Doppelbetten.

„Soll ich das Licht ausschalten?" fragte ich in die Runde.

„Nicht nötig," sagte Anna.

Ich warf einen Blick auf Marie. Doch die tat so, als schliefe sie. Was natürlich unmöglich sein konnte. Ich zog mich aus und legte mich zu Anna. Wir küssten uns und dann beschlief ich sie. Es war sehr unspektakulär. Die ganze Sache dauerte nur wenige Minuten und ging fast völlig lautlos von statten. Offenbar hatte sie keine große Erfahrung in Liebesdingen. Marie half sich selbst unter der Decke. Verstohlen sah sie zu mir herüber und unsere Blicke trafen sich. Das machte mich ziemlich an. Nur Anna schien keinen Spaß zu haben. Wie eine Leiche lag sie unter mir. Ich glaube nicht, dass sie fertig wurde. Sie war ganz still. Vielleicht, wenn ich etwas anders machen würde... Aber fragen wollte ich auch nicht. Nicht mit Marie in Hörweite. Vielleicht gab es gleich noch ein zweite Runde. Ich war zu allem bereit.

Aber Anna machte diese Hoffnung zunichte.

„Es ist jetzt spät," sagte sie.

„Soll ich gehen?"

„Wenn es dir nichts ausmacht," sagte sie.

Und so zog ich mich an und ging.

*

Ich wurde so etwas wie ein Hausfreund der beiden Schwestern. Ich glaube der Grund dafür war, dass ich ebenso diskret wie unkompliziert war. Sie luden mich regelmäßig ein, füllten mich ab und führten mich in den Keller. Es war ziemlich freudlos. Und Anna tat mir leid. Ich glaube, sie mochte mich. Manchmal, wenn wir uns unterhielten, war da dieses gewisse Leuchten in ihren Augen. Bestimmt wäre sie gerne mit mir allein gewesen. Zumindest stellte ich mir das vor. Aber ohne Zustimmung ihrer behinderten Schwester wagte sie das nicht. Auch an der Uni sahen wir uns nicht mehr. Ich studierte Philosophie und sie Pädagogik. Wir hatten nur in „Einführung in die Philosophie" zusammen gesessen. Doch irgendwann lief sie mir zufällig über den Weg und ich nötigte sie, mit mir einen Kaffee zu trinken. Widerwillig und mit schlechtem Gewissen stimmte sie zu.

Wie saßen draußen. Ein schöner Spätsommernachmittag. Meine gute Stimmung ging auf sie über. Allmählich taute sie auf. Sie erzählte mir von ihrer Kindheit im Schatten von Maries Zustand. Überhaupt sprach sie weit mehr von ihrer Schwester, als von sich selbst. Sie liebte Marie.

„Sie muss soviel durchmachen. Ich helfe ihr, wo es geht," sagte sie.

„Und was ist mit dir? Was ist mit deinen Wünschen?"

Sie lächelte traurig.

„Ich bin gesund und sie nicht. Das heißt, ich muss Verantwortung für sie tragen."

„Ich glaube," meinte ich ärgerlich, „dass Marie ganz hervorragend alleine zurecht kommt. Ich meine auch, dass sie dich ausnutzt. Und dass sie ihre Behinderung dazu missbraucht, dich zu kontrollieren."

Das hätte ich lieber nicht sagen sollen. Anstatt einer Antwort erhielt ich eine schallende Ohrfeige. Meine Intermezzo mit den Schwestern war vorüber. Vorübergehend zumindest.

*

Ein paar Wochen oder gar Monate später tauchten die beiden wieder in meinem Leben auf. Nun, zuerst war es nur Marie, die in einem meiner Seminare auftauchte. Husserls Phänomenologie – eine Idee Rachels natürlich. Ich kann mich so gut daran erinnern, weil ich mein Seminarheft behalten habe. Es enthält nur zwei Worte: „Husserls" und „Phänomenologie", beide dick unterstrichen. Diese beiden Worte summieren auch in etwa, was ich von dem Seminar verstanden habe. Darunter sind Strichmännchen gemalt. Auf jeder Seite. Ein riesige Stadt voller Strichmännchen, die alltäglichen Beschäftigungen nachgehen. Sie trinken und essen und feiern und trauern und lieben und morden. Die meisten leben in Hochhäusern. Sie fahren Autos oder fliegen mit Aeroplanen durch die linierten Himmel. Andere wohnen in Katakomben unter der Stadt. Und nochmals andere bevölkern eine lichtlose Unterwelt. Je weiter man das Heftchen durchblättert, desto größer wird der Raum, den die Unterwelt einnimmt. Auf der letzten Seite gibt es nur noch sie. Einen Schein habe ich nicht gemacht, aber irgendwie profitiert habe dennoch von Husserls Phänomenologie.

Wie dem auch sei, ich war etwas zu früh gekommen und malte bereits in meinem Heftchen herum, als ich plötzlich ein vertrautes Klacken auf dem Flur hörte. Es kam näher. Und da humpelte schon Marie herein. Sie bat eine Studentin, die an der Tür saß, um ihren Platz. Die räumte das Feld sofort und half Marie mit dem Stuhl und ihrer Jacke, obwohl das unnötig gewesen wäre.

Ich nickte Marie zu und sie nickte zurück. Dann begann das Seminar. Ich hockte wie auf Kohlen. Was wollte sie nur von mir?

Als das Seminar beendet war, blieben wir beide sitzen. Sie tat so, als läse sie und ich füllte weiter mein Heft. Als der letzte angehende Phänomenologe verschwunden war, ging ich zu ihr.

„Hallo."

„Hallo."

„Nett, dich wieder zu sehen," sagte ich.

„Gleichfalls."

„Wusste gar nicht, dass du Philosophie

belegst."

„Ich habe verschiedene Interessen," meinte sie.

„Ah."

„Willst du uns nicht mal wieder besuchen?"

An dieser Stelle hätte ich freundlich, aber bestimmt ablehnen sollen. Tat es aber nicht.

„Klar, selbstverständlich. Wann denn?"

„Heute Abend um acht," sagte sie. Und das war keine Frage, sondern eine Anweisung, ein Befehl.

„Ich werde pünktlich sein."

„Gut. Kannst du mir helfen, meine Sachen nach 101 zu tragen?"

„Klar, selbstverständlich."

*

Um Punkt acht Uhr stand ich vor der Türe des schicken Bungalows. Alles war wie immer. Um neun Uhr nahm ich meine obligatorische Dusche. Der Sklave bereitete sich für seine Herrinnen vor.

„Ich sollte damit aufhören," dachte ich. „Ich hab ja nichts davon. Das ist es nicht wert. Außerdem fühlt sich das alles falsch an. Und es führt nirgends hin!"

Als ich zurück in das Drei-Bett-Keller-Liebesnest bot sich mir ein ungewohnter Anblick. Die beiden Schwestern hatten ihre Plätze vertauscht. Anna lag jetzt abseits und tat, als schlafe sie, während Marie mich im Doppelbett erwartete.

Ich schluckte. Am Ende würde ich also doch mit einem Krüppel schlafen. Na, eigentlich war sie ja kein richtiger Krüppel. Nur behindert.

Gehbehindert. Eigentlich war es nur ein zu vernachlässigender Zustand. Und abgesehen von ihrem Bein und ihrer geringen Körpergröße sah sie ja auch ganz in Ordnung aus. Vor allem ihre Haut war sehr gut. Ganz glatt und milchig.

Ich schlief mit ihr. Am Anfang war ich sehr vorsichtig. Irgendwie hatte ich das Gefühl, als könnte ich sie zerbrechen. Aber als sie ihre Schenkel fest und fordernd gegen meine Flanken presste, war kein Halten mehr. Ich schaute mich nach Anna um. Sah, wie sich die Decke über ihrem Schoss bewegte. Es war richtig gut.

Plötzlich traf mich eine Ohrfeige.

„Sieh mich an, nur mich," zischte Marie.

Und das tat ich dann auch. Ich wagte nicht mehr, nach der schönen Anna Ausschau zu halten, sondern konzentrierte mich auf die weit weniger schöne Marie, mein Klumpfüßchen.

*

Es war dies übrigens das letzte Mal, dass man mich zu Liebesdiensten heranzog. Ich bedauerte das nicht. Oder zumindest nicht besonders lange. Rachel tröstete mich oder ich tröstete mich mit ihr.

Die beiden Schwestern fanden in Martin einen in jeglicher Hinsicht würdigen Ersatz. Aufgetrieben haben sie ihn bei einem Studentengottesdienst mit anschließendem geselligen Beisammensein, veranstaltet von der Katholischen Hochschulgemeinde… Martin kam aus einer echten Bauernfamilie. Wie Michel Lönneberger war er zwischen Äckern und Viechern aufgewachsen. Er war groß, breitschultrig und hatte dichte blonde Locken.

Eine arische Schönheit. Dabei war er ein wenig langsam im Denken. Nicht dumm, das nicht. Aber eben ein wenig gemächlich. Geerdet. Seine Gedanken blieben stets bodennah und pragmatisch. Er beurteilte die Dinge nach ihrem Nutzen. Nicht nach ihrem Nutzen für ihn selbst, sondern nach ihrem Nutzen im größeren Zusammenhang aller Dinge. Martin war kein Egoist, sondern ein landwirtschaftlicher Holist. Eine Kuh war nützlich, wenn sie kalbte und Milch gab. Und ein Huhn war nützlich, wenn es Eier legte. Dementsprechend war eine Frau nützlich, wenn sie den Haushalt und die Bücher führte und sich um die Kinder kümmerte, derer sie reichlich warf. Und der Mann war nützlich, wenn er tüchtig schaffte und seine Familie versorgte und seiner Frau immerzu Kinder machte.

Unter diesen Gesichtspunkten betrachtet, fand Martin das Arrangement, zwei Frauen anstatt einer zu bekommen, außerordentlich vorteilhaft. Auch wenn eine der Frauen, nicht voll zählte. Sondern nur halb. Oder dreiviertel. Helfen konnte sie aber immer noch. Mit den Büchern etwa. Oder beim Erzeugen und Versorgen von Nachwuchs. Tatsächlich machte sich Martin immer weniger aus Maries Behinderung, je länger sie zusammen waren.

„Die Marie kann an sich alles," sagte er einmal zu mir auf einem der Feste, zu denen ich seltsamerweise immer noch eingeladen wurde. Er trank übrigens keinen Wein, sondern Bier. Und er war der einzige, der Bier trinken durfte. „Die stellt sich manchmal einfach nur an. Auf dem Hof haben wir eine Katze, die mit nur drei Beinen geboren wurde. Und die kann genauso gut mausen wie die anderen."

Und dann hob er seine leere Flasche zu Marie, die gerade an uns vorbei humpelte.

„Gehst du grade in die Küche? Bring mir doch noch eins mit, wenn du wieder raus kommst."

Und Marie lächelte ihn an und sagte: „Gerne."

Martin hatte die beiden Schwestern gut im Griff. Er hatte alles gut im Griff. Sich selbst eingeschlossen. Das Tiefsinnigste, was ich je von ihm zu hören bekam, betraf seine Duschgewohnheiten.

„Ich dusche grundsätzlich kalt," sagte er nach seinem achten Bier.

„Warum?" fragte ich pflichtgemäß nach meinem fünften Glas Wein.

„Wenn ich dann aus der Dusche komme, ist mir auch in einem kühlen Bad sofort warm. Umgedreht ist es sehr unangenehm, nach einer heißen Dusche in ein kühles Bad zu kommen."

„Ha!" rief ich aus. Der Mann hatte einen Punkt.

Nach einem Semester oder so zog Martin permanent im Keller der Schwestern ein. Es war eine Übereinkunft ganz in seinem Sinn. Er sparte sich die Miete. Dafür machte er sich im Haus nützlich, trug Wasserkästen und verrichtete sehr effizient und vorbildlich die anstrengende Gartenarbeit. Auch seine Liebesdienste erfüllte er vorbildlich. Es war ihm gleich, welche Schwester er neben sich fand. Er liebte beide mit der Ausdauer und dem Feingefühl eines brünstigen Bullen.

*

Martin und die Schwestern blieben fast vier Jahre in trauter Eintracht zusammen. Doch als die Studienzeit sich ihrem Ende zu neigte, begannen die drei Pläne zu schmieden. Sie schmiedeten nicht zusammen, sondern jeder plante für sich und seine eigene Zukunft. Der Streit um Auge, Zahn und Mann hatte begonnen.

Martin wollte auf dem väterlichen Hof eine neue Maschinenhalle bauen, ein paar Hektar dazu pachten und eine Familie gründen.

Anna wollte Martin heiraten.

Marie wollte Martin heiraten.

Vor die Wahl gestellt, entschied sich Martin natürlich für Anna. Die beiden verlobten sich mit großem Aufgebot im Zuge des letzten Sommerfestes. Diesmal musste ich im Anzug erscheinen. Auch die Ärzteeltern der Schwestern stellten sich in einem brandneuen Porsche Cayenne ein, den sie gemeinhin sichtbar in der Einfahrt parkten. Es war ein schönes Fest im Stil Rosemunde Pilchers. Vielleicht fünfzig oder sechzig Leute waren anwesend. Ein guter Mix aus jung und alt. Artig überbrachte ich den Brautleuten die obligatorischen Glückwünsche, verzehrte Häppchen und nuckelte an meinem Wein.

Ich weiß nicht, ob Martin wusste, dass ich sein Vorgänger gewesen war. Aber ich bin sicher, dass es ihre Mutter wusste. Sie kam auf mich zu und sprach mich an, als wären wir bekannt. Dabei hatte ich sie noch nie zuvor gesehen.

„Du musst der Philosoph sein?" fragte sie.

„Eine schwierige Frage…"

„Steven?"

„Oh, ja."

„Bald fertig mit dem Studium vermute ich."

„So Gott will, meine Dame."

„Und was tust du dann? Irgendwelche Aussichten oder Pläne?" fragte sie.

„Ich denke, ich werde mich um eine Taxilizenz bemühen."

„Sehr amüsant. Hör mal, es ist mir eigentlich gleich, was du treibst, solange du dich von meinen Kindern fernhältst," sagte sie kühl. Und ja, sie sprach nicht von ihren Töchtern, sondern von ihren Kindern.

„Das war sehr direkt und partiell unhöflich," meinte ich.

„Ich kenne deine Art zu genüge. Muss ich mir Sorgen wegen dir machen?"

„Nicht doch. Ich werde brav sein."

„Schön, dass wir uns verstehen," meinte sie. Und so ging sie ihrer Wege. Ich wusste nicht so recht, was ich mit diesem Gespräch anfangen sollte. Hinter den Kulissen schien irgendetwas vorzugehen. Aber ich war zu faul, um mir darüber Gedanken zu machen. Das alles ging mich nichts mehr an. Ich war hier wegen den Häppchen und dem Wein und natürlich auch um Willen alter Zeiten und Abenteuer.

Im Laufe des Abends stolperte ich auch über Marie. Oder sie stolperte über mich. Auf jeden Fall saßen wir nach Einbruch der Dunkelheit zufällig zusammen an einem kleinen Tisch im Garten. Ich wollte mir gerade eine Zigarette anstecken, als Marie die Hand auf meinen Arm legte.

„Bitte nicht rauchen," sagte sie freundlich.

„Aber wir sind draußen."

„Trotzdem."

„Aber da steht ja ein Aschenbecher direkt

vor uns. Das ist der Rauchertisch."

„Ja, aber ich sitze jetzt hier."

„Ok."

Ich schob die Zigarette Marke Ivans Beste zurück in die Packung. Dann plauderten wir ein wenig. Über dies und das. Vor allem über sie und ihre Aussichten. Sie würde bald ihr Referendariat beginnen. Sie freute sich schon darauf, war aber auch ein wenig aufgeregt.

„Deutsch und Latein, was?" fragte ich.

„Ja."

„Du liest also gerne."

„Ja."

„Was ist dein liebster klassischer lateinischer Autor?" fragte ich.

„Rate!"

„Oh, wir sind verspielt heute abend. Lass mich mal überlegen... Hm... Du bist eine Frau..."

„Das stimmt! Nur weiter!"

„...also kann es kein Historiker, kein Politiker und kein Philosoph sein."

„Weil wir Frauen nicht denken können?"

„Weil ihr es nicht wollt oder nötig habt, Liebes," erwiderte ich.

„Sehr unhöflich und schmeichelhaft zugleich. Weiter bitte."

„Bin ich auf dem richtigen Weg?"

„Ja."

„Ok, also ein Dichter. Na, dass kann nur Horaz sein."

Sie lachte herzlich. Es war das erste mal, dass ich sie so lachen sah.

„Was ist denn?"

„Horaz? Du bist putzig," sagte sie mit Tränen in den Augen.

„Wer denn dann?"

„Der frühe Martial. Bevor ihm der Kaiser die Eier abgeschnitten hat."

Ich verschluckte mich und musste husten. Ein Tropfen Wein schaffte es dennoch bis in meine Nase.

„Hast du etwas an meiner Wahl auszusetzen?"

„Keineswegs. Wer liebt nicht den frühen Martial? Es kam nur...überraschend."

„Bitte erklär," bat sie.

„Ich habe dich einfach anders eingeschätzt, das ist alles."

„Ich hab eigene Interessen, musst du wissen."

„Ja, ich weiß."

Sie sah mich sonderbar an. Wie eine Katze ihre Beute betrachten mag.

„Was hältst du davon, dass die beiden heiraten?" fragte ich.

Sie verzog etwas säuerlich den Mund. Aber dann meinte sie, sie wünsche ihrer Schwester alles Gute.

„Schwer für dich, das Glück deiner gesunden, schönen Schwester zu ertragen?" fragte ich.

„Ich komme schon zurecht," meinte sie. Aber ich wusste, dass ich sie getroffen hatte.

„Oh, ja, ganz gewiss kommst du zurecht. Martin glaubt ja auch, dass du mit deinen drei Beinen genauso gut mausen kannst wie jede andere Katze auf dem Hof."

Sie erwiderte meiner Unverschämtheit nichts, stand auf und humpelte davon.

*

Marie kam zurecht. Und wie sie zurecht kam. Ein halbes Jahr später wurde Hochzeit gefeiert. Aber es war Marie, die Martin heiratete. Anna hatte auf Druck ihrer Mutter den Bräutigam aufgegeben. Die Mutter hatte dann die Partie zwischen Marie und Martin mit der Aussicht auf eine großzügige Mitgift finalisiert. Der Bau an der Maschinenhalle begann bereits wenige Wochen nach der Hochzeit.

Nach dem Referendariat wurde Marie in den Staatsdienst aufgenommen. Sie ließ sich in eine Schule in der Nähe von Martins Hof versetzen, wo sie heute Deutsch und Latein unterrichtet. Die beiden kommen gut miteinander aus. Sie haben das Haus von Martins Vater behindertengerecht umbauen lassen. Mittlerweile haben sie drei Kindlein, gesund und mit wohl proportionierten Gliedmaßen wie ich höre. Eine glückliche Familie.

Da ich dies schreibe, ist Anna mittlerweile in ihren Vierzigern. Ich habe sie viele Jahre später noch einmal getroffen, kurz bevor ich in die Neue Welt auswanderte. Sie lebte allein, war kinderlos. Von ihrer Schönheit war nicht mehr viel übrig. Sie wirkte irgendwie grau und traurig. Wie eine verwelkte Blume. Und Bitternis saß in den Fältchen um ihre Augen und den Mund. Nach der Sache mit der geplatzten Hochzeit hatte sie keinen Versuch mehr unternommen, zu heiraten oder sich überhaupt längerfristig zu binden. Es gab noch eine kurze Reihe von Liebschaften. Von denen die letzte nun auch schon ein paar Jahre zurücklag.

Die einstmals Schöne führte das Dasein einer alten Jungfer.

„Was machst du denn so? Ich meine beruflich," fragte ich.

„Ich hab kurz in einem Kindergarten bearbeitet. Aber ich hab es nicht lange ausgehalten."

„Zu laut?"

„Nein, ich habe nicht ausgehalten, jeden Moment daran erinnert zu werden, dass ich keine Kinder und keinen Mann habe. Wenn ich am Nachmittag nach hause ging war es mir viel zu leise."

Ich sagte dazu weiter nichts. Aber ich dachte an die Schwestern des Mythos. Die Graien, die weißhaarigen Jungfrauen, die sich Auge und Zahn teilen. Nun war es vorbei mit der Eintracht. Eine der Schwestern hatte das einzige richtige getan. Sie hatte Auge und Zahn an sich gerissen und war mit Perseus davongerannt, oder besser gehumpelt, während die andere blind und zahnlos und völlig alleine zurückgeblieben war. Ein neuer Bewohner der Unterwelt.

Tod in Venedig

Auf meiner Suche nach Erlösung und Sinn trat ich etwa zur Hälfte meines Studiums in ein katholisches Priesterseminar ein und lebte dort zwei Jahre. Diese Entscheidung fiel, nachdem das Leben mich ein weiteres Mal fast zerbrochen hatte. Ich war mal wieder am Ende. Und ich wusste, das einzige, was mich retten konnte, war eine radikale Umkehr. Und Jesus. Ich musste eine Weile aus der Welt ausscheiden. Über das Philosophiestudium war ich mit einigen Theologen, darunter auch Seminaristen, bekannt geworden. Ich fragte sie über ihr Leben im Schatten des Kreuzes aus. Und was man mir berichtete, gefiel. Stille, Studium, Kontemplation, Orgelmusik und vor allem: Keine Weiber. Der herrschende Priestermangel bewirkte, dass man mich mit offenen Armen aufnahm. Ich zog in das riesige, von Grund auf sanierte Anwesen, mitten in der City. Es bot Platz für zweihundert Seminaristen. Wir waren neunzehn. Und uns umsorgten drei Köchinnen, drei Reinemachfrauen und sogar eine Bibliothekarin. Es war einfach traumhaft. Und man verlangte nicht zu viel von uns für freie Kost und Unterkunft. Laudes mit Messe am Morgen, Vesper am Abend – das war alles. Ansonsten durften wir uns ganz dem Theologiestudium widmen. Ich studierte zusätzlich weiter Philosophie, weil ich schon gutes Stück weit gekommen war. Am Abend trafen wir uns im Bierkeller. Die Flasche gab´s für fünfzig Cent. Mit Freude übernahm ich das Amt des Bierkellerwirtes und sorgte beharrlich für Nachschub, vor allem, wenn irgendwelche Veranstaltungen anstanden.

Ich könnte ein eigenes Buch mit all dem Kuriosen füllen, das mir in diesen zwei Jahren hinter den dicken Mauern des Seminars begegnet ist. Das katholische Priesteramt zieht eine ganz besondere Art von Männern an. Und das ist auch nicht weiter verwunderlich. Denn allein die Vorstellung, das Leben ohne Frau und Kinder im Dienste des Gekreuzigten zu verbringen, ist für die meisten schon ungeheuerlich. Dazu kommt der ewige Sozialdruck, den man später in der Pfarrei aushalten muss. Mag Gott die eine oder andere Sünde in seiner grenzenlosen Güte und Weisheit übersehen, die Gemeinde übersieht nichts. Unter den neunzehn Seminaristen war u.a. ein homosexueller Opernsänger und sein Freund. Ein Inder, der später geheiratet und vier Kinder gezeugt hat. Er arbeitet heute in der Gärtnerei seiner Frau. Dann gab es da einen Schwarzen, der praktisch nie ein Wort sprach, plötzlich aber einen Doktortitel führte und mittlerweile in seiner afrikanischen Heimat zu Bischofswürden gelangt ist. Ein Vietnamese, der sich sehr extravagant kleidete und über sechzig Paar knallbunte Turnschuhe sein eigen nannte. Ein Brasilianer, der Nihilist, Kommunist, vor aller aber überzeugter und vehementer Atheist war – er schied aus und ging zurück in seine Heimat.

Und dann gab es da noch Ulrich. Ulrich trat kurz nach mir ein. Er hatte eine phänomenale Stimme, sehr tief und tragend. Von Beruf war er Radio DJ gewesen. Zwanzig Jahre hatte er das Morgenprogramm eines lokalen Schlagersenders moderiert. Er war bereits tief in seinen Fünfzigern, tummelte sich aber unter uns, als wäre er in unserem Alter. Er lebte nicht bei uns im Seminar, sondern in seiner Zweizimmer-

Eigentumswohnung, die ebenfalls in der City lag.

Uli war beinahe die vollendete Inkarnation jenes Gecken, den Aschenbach in Mann´s „Tod in Venedig" am Anfang des Buches auf dem Schiff beobachtet. Wörtlich! Er färbte sich die Haare und trug Schminke, die er sehr kunstvoll auflegte. Seine Kleidung war ein bisschen bunt, aber elegant. Er hielt viel auf Formen, weil er meinte, mütterlicherseits mit einem recht bekannten Adelshaus in der Gegend verwandt zu sein. Ob etwas daran war, weiß ich nicht. Es spielt aber, glaube ich, ohnehin keine Rolle. Seine ganze Art war übertrieben feminin, aber nicht ohne eine gewisse Grazie. Er konnte spielend eine ganze Gesellschaft unterhalten. Wir würden sagen: Er benahm sich wie ein klassischer Schwuler. Ich mochte ihn.

*

Uli und ich wurden zwangsläufig gute Freude. Der Grund hierfür war unser gemeinsames Interesse an Malerei. Als er jung gewesen war, hatte er selbst recht kompetente Holzschnitte verfertigt. Etliche sogar verkauft. Er zeigte mir Bilder von Ausstellungen aus den sechziger und siebziger Jahren. Und würzte sie mit vielen amüsanten und manchen pikanten Anekdoten. Wir besuchten verschiedene Museen. Er fuhr einen Mercedes und hatte Geld – zwei Ressourcen, an denen es mir selbst chronisch mangelte. Dank Uli wurde ich zum regelmäßigen Besucher der Alten Pinakothek. Die Pinakothek der Moderne mieden wir natürlich wie der Teufel das Weihwasser. Einvernehmlich bevorzugten wir die großen Meister. Er kannte sich erstaunlich gut aus. Zu jedem Maler und Bild wusste er etwas Interessantes zu sagen. Nach zwei oder drei Stunden gingen wir dann in einen netten Biergarten und unterhielten uns bei einem Bierchen noch lange über dies und jenes. Uli war, wie gesagt, ein vorzüglicher Unterhalter, nicht sonderlich tief, gewiss, dafür aber weit und hell wie der Horizont bei Sonnenaufgang.

Gewissermaßen als Gegenleistung für seine Großzügigkeit half ich ihm tatkräftig bei Studium. Er tat sich nämlich sehr schwer, jene zehnseitigen Seminararbeiten zu verfassen, die die Professoren als Hindernis zwischen uns und den Schein gestellt hatten. Tatsächlich besaß Uli nicht einmal einen Computer.

„So ein hässliches Ding kommt mir nicht ins Haus," sagte er empört.

Mit zwei Flaschen Wein, einer Schachtel Zigaretten und einer Handvoll passender Bücher konnte ich eine kompetente, wenn auch mittelmäßige Arbeit leicht in einer halben Nacht heraushauen. Das sprach sich übrigens herum und bescherte mir meine ersten Einnahmen als Schriftsteller. Ich nahm einen Fünfziger, plus Wein und Zigaretten. Zudem mussten meine Auftraggeber mich mit den passenden Büchern versorgen, aus denen ich nach Lust und Laune zitieren konnte. Ich glaube, während meiner Unizeit habe ich leicht vierzig oder fünfzig solcher Arbeiten geschrieben.

Für Uli schrieb ich umsonst. Über Laktanz, die Essener zur zeit Jesu, Origenes, das Konzil von Nicea und anderes. Dafür wurde ich, wie gesagt, reichlich versorgt und bestens unterhalten. Wir hatten ein symbiotisches Zusammenleben geformt, von dem wir beide profitierten.

*

Natürlich entgingen mir gewisse Bemerkungen und Anspielungen meines Freundes nicht. Ich war kein Idiot und Uli nicht erste Mann, der einen Narren an mir gefressen hatte. Als ich noch jünger war, sah ich ganz gut aus. Es fehlte mir nicht an Verehrern beiderlei Geschlechts. Doch mein erotisches Interesse galt allein und ausschließlich den Damen. Wenn Uli anzüglich werden wollte, tat ich so, als verstünde ich die Anspielungen einfach nicht. Ich stellte mich dumm. Außerdem machte ich keinen Hehl daraus, dass ich Freundinnen in der Vergangenheit hatte. Und es beizeiten sehr schmerzlich vermisste, mit ihnen zu scherzen.

„Ach du," sagte Uli und tat ein wenig beleidigt. Und ich erwiderte weiter nichts. Wir bestellten noch ein Bier und steckten uns noch eine Zigarette an und redeten so über dies und das.

Uli verliebte sich immer mehr in mich. Er schmachtete förmlich nach mir. Ständig versuchte er in meiner Nähe zu sein. Bei den Gottesdiensten im Seminar oder an der Uni. Und er benahm sich lächerlich eifersüchtig, wenn ich mich etwa beim Mittagessen zu anderen Seminaristen gesellte. Die ganze Sache wurde mir ein wenig peinlich. Denn auch meinen Mitbrüdern entging freilich nicht das beleidigte Verhalten Uli´s. Wie ein verliebter Geck führte er sich auf.

*

Irgendwann im Bierkeller brachte er mir ein

kleines Schächtelchen.

„Für dich,“ sagte er ganz verschämt wie ein verliebtes Mädchen.

„Ha. Und was ist das?“

„Mach auf.“

Ich öffnete die Schachtel. Es war ein blauer Stringtanga.

„Was zum Teufel!“ rief ich aus und schob das Ding hastig zurück in die Verpackung.

„Ich dachte, es würde dir stehen,“ meinte Uli ganz unbeeindruckt.

„Was zum Teufel!“

„Als ich es gekauft habe, habe ich mir vorgestellt, wie du darin aussähst.“

„Ok, ich kann das nicht annehmen,“ sagte ich.

„Ohhhh, schade.“

„Was hast du dir nur dabei gedacht?!“

„Ich wollte nur dein Bestes.“

„Ha!“

„Ich wollte eben, dass du auch so was Schönes hast. Ich hab mir das gleiche Höschen gekauft. Ich denke, wir haben etwa die gleiche Größe.“

„Ha!“

„Und da dachte ich, wie schön es wäre, wenn wir beide, unter unserer Kleidung das gleiche tragen würden.“

„Unglaublich!“

Uli grinste mich an. „Ich hab meinen gerade an.“

„Oh, mein Gott! Das ist so was von daneben. Jesus, Allmächtiger. Lass das Ding verschwinden. Wenn einer von den anderen kommt, fliegen wir beide.“

Uli seufzte und packte die Schachtel weg.

Übrigens habe ich nie so viel geflucht und den Namen des Herrn missbraucht, als zu meiner Zeit im Priesterseminar. Und ich glaube, an keinem Abend fluchte ich je soviel wie an jenem, als Uli mir einen blauen Stringtanga schenken wollte.

Die Sache entspannte sich bald wieder. Wir lästerten erst über ein paar Mitbrüder und Professoren, diskutierten dann, ob die Leipziger Schule eine Wiederbelebung klassischer Motivik und Technik auf dem Boden der Postmoderne oder nur ein lächerlicher und kommerzialisierter Abklatsch der Großen Malerei sei, und gingen schließlich wieder dazu über, über unsere Mitmenschen zu schimpfen. Das ging eine gute Weile so und wir leerten dabei die eine oder andere Flasche. Aber dann wurde Uli wieder mutig. Als ob der String nicht gereicht hätte.

Er atmete tief durch und sagte: „Ich will dir mal eine Geschichte erzählen."

„Schieß los," meinte ich und hoffte auf eine seiner witzigen Anekdoten.

„Es gab mal zwei Prinzen. Die lebten in ihren Schlössern und ein Fluss trennte sie."

„Ah."

Uli rieb sich vor Aufregung über die Nasenspitze und legte einen Flecken rötlicher Haut unter dem Make Up frei. Jetzt sah er ein wenig aus wie ein Clown. Aber ich sagte nichts, um ihn nicht in Verlegenheit zu bringen. Uli war sehr eitel, was sein Aussehen anging.

„Und die Prinzen," fuhr er fort, „hatten sich sehr lieb. Aber der Fluss trennte sie."

„Hm."

„Der eine Prinz hieß Pipi und der andere Popo."

„…“

Uli sah mich eindringlich mit seinen großen grünen Augen an. Ich klammerte mich an meiner Flasche fest und betete zu Gott, dass niemand hereinkommen und dieser Kelch an mir vorübergehen würde.

„Und Pipi wollte unbedingt zu Popo. Aber Popo hatte Angst den Fluss zum...anderen Ufer zu überqueren," fuhr er fort.

„Deine Geschichte gibt keinen Sinn," sagte ich. „Ich denke Pipi will zu Popo."

„Lass mich zu ende erzählen."

„Nein, nein, nein. Pipi hat da was gehörig falsch verstanden. Aber gehörig."

„Ich bin Pipi," sagte Uli.

„Ja, das habe ich mir gedacht…"

„Und du bist Popo."

„Oh, mein Gott, Jesuschristusheiligemariamuttergottes, du bist ein grauenhafter Geschichtenerzähler. Nichts, aber auch gar nichts lässt du der Phantasie übrig…" schimpfte ich, verlegen, verwirrt und auch ein wenig belustigt.

„Du kannst entscheiden, wie die Geschichte ausgeht," meinte Uli.

„Es gibt keine Geschichte, Uli. Popo ist nämlich so was von verheiratet. Mit Gina. Vagina. Und die hat er lieb. Sehr lieb."

„Nein," protestierte Uli, „jetzt erzählst du die Geschichte falsch. Es gibt nur die beiden Prinzen."

„Oh, mein Gott."

„Und die haben sich sehr lieb."

„Uli, wir sollten dieses Gespräch vertagen. Auf unbestimmte Zeit."

„Oh," sagte Uli enttäuscht. „Schade."

Jetzt tat er mir ein bisschen leid.

„Du und ich sind einfach verschieden. Ich mag eben Frauen und du...Prinzen."

Er schüttelte den Kopf.

„Was?" fragte ich.

„Darf ich mir Hoffnungen machen?" fragte er.

„Bitte? Nein. Es gibt nichts zu hoffen, Uli. Nicht für dich und nicht für mich."

Er schüttelte wieder den Kopf.

„Ich hoffe trotzdem. Glaube, Liebe und Hoffnung."

„Jesus! Ich kann dich abhalten, zu hoffen," sagte ich. Natürlich bekam mein Freund das in den falschen Hals.

„Das genügt mir schon," meinte er erleichtert. Dann zündete er mir eine neue Zigarette an und wollte sie mir in den Mund stecken, aber ich schnappte sie ihm aus den Händen. Er seufzte.

„Du machst es einem nicht leicht."

Ich schwieg. Ein düsteres Schweigen.

„Fahren wir nächstes Wochenende nach Wien? Da gibt es eine ganz tolle Ausstellung von Markus Treugel," schlug er vor.

„Leipziger Schule…"

„Es wird unserem Streit helfen, wenn wir mit eigenen Augen sehen."

„Also schön, Uli. Warum auch nicht. Aber keine Geschichten mehr, ja?"

„Ich darf hoffen. Das genügt mir."

*

Unser Trip nach Wien begann spektakulär und endete ein wenig traurig.

Der Besuch der Ausstellung, bei dem wir sogar ein paar Worte mit einem Meister der Leipziger Schule, besagtem Treugel, wechseln konnten, bildete nur den Auftakt einer kulturellen Orgie, wie man sie nur in Wien feiern kann. Uli hatte übrigens Recht gehabt, was die Beilegung unseres Streites anging. Nachdem wir mit Treugel fertig waren, waren wir uns in unserem Urteil über die Leipziger Schule einig.

Danach erforschten wir einige Sehenswürdigkeiten der rätischen Hauptstadt. Uli kannte sich hier aus wie in seiner Westentasche. Er war perfekt vorbereitet. Er erklärte viele sehr interessante Details und gab nonstop witzige oder kuriose Anekdoten zum besten. Zwischen Dom und Kapelle speisten wir wie zwei Räuber in einer runtergekommenen, doch sehr charmanten Kneipe.

„Ist Zeit, zurück zu fahren," meinte ich, als der Tag sich neigte.

„Ich hab uns ein Hotel gebucht."

„Nein, Uli, die Antwort ist nein."

„Getrennte Zimmer natürlich," meinte Uli beschwichtigend.

„Ah."

„Es gibt nämlich noch eine Sache, die du gesehen haben musst. Gewissermaßen als krönender Abschluss unseres Ausflugs in die Kaiserstadt."

„Uli…"

„Ich bestehe darauf," sagte er und stampfte ein klein wenig auf wie ein beleidigtes Kind. Dann fügte er hinzu: „Ich bitte recht fein."

„Also schön. Aber ich bin durstig."

„Ich auch! Zuvor wollen wir dir aber noch was zum Anziehen besorgen."

„Nein."

„Nicht doch, einen Anzug und ein Krawättchen."

„Oh, mein Gott."

„Komm, das geht ganz schnell."

Eine halbe Stunde später hatte ich einen schwarzen Anzug mit dunkelrotem Hemd und schwarzer Krawatte.

„Du siehst aus wie der Teufel," meinte Uli zufrieden.

Wir checkten in einem netten BnB ein. Uli machte sich frisch und ich trank an der Bar.

Dann fuhren wir der Taxe zum Stadttheater. Uli hatte uns lange im voraus Karten für einigermaßen anständige Plätze besorgt.

Als Sophokles Masken sich gelüftet hatten und sich das schick gekleidete Publikum vor dem Theater in die Nacht verlief, war ich in Hochstimmung.

„Was für ein Tag," sagte ich. „Ich muss mich bei dir bedanken. Wärst du eine Frau und sagen wir zwanzig Jahre jünger…"

Uli glühte vor Vergnügen.

„Der Abend ist noch nicht vorbei. Außer du bist schon müde."

„Nein, nein, ich bin ganz aufgedreht. Was zu Trinken wäre jetzt nett. Viel zu trinken."

„Ich weiß genau den rechten Ort," meinte Uli. Wir nahmen eine Taxe und fuhren in einen bemerkenswerten Nachtclub. Die ganze Einrichtung war in der Ästhetik des Art Deco gehalten. Gespielt wurde ein bizarrer Mix aus Tim Fischer, Max Raabe, Ben und Meret Becker, Marlene Dietrich und französischen Chansons. Die Ober trugen Frack und sprachen sehr gestelzt.

Wir hielten uns an Wein und kamen ins

Reden. Es war wie in alten Zeiten. Als Uli austreten war, ließ ich den Blick über die anderen Tischen schweifen. Nur Männer, so weit das Auge reichte. Manche waren nach Art der Zwanziger gekleidet, die Haare streng gescheitelt und stark pomadisiert. Manche trugen Abendkleider. Manche hielten sich verliebt die Händchen. Und wieder andere küssten sich schamhaft. Uli hatte mich in den vielleicht stilvollsten Schwulenclub der Welt geführt.

Ich bestellte noch ein Glas und steckte mir eine Zigarette an. Dann dachte ich darüber, wie es wohl wäre, mit einem Mann zusammen zu sein. Zweifellos gab es gewisse Vorteile. Es schien mir in vielem ehrlicher und geradliniger zu sein. Man musste sich nicht verstellen und wusste gemeinhin, woran man bei seinem Gegenüber war. Insgesamt war es wohl leichter und vor allem intellektuell auch befriedigender. Die einzige Frau, die bis dahin auch mein intellektuelles Interesse ernsthaft geweckt hatte, war die Fürstin des Abgrunds Rachel. Und selbst zwischen uns gab es im letzten eine Kluft, die unüberbrückbar schien. Eine Fremdheit, die von unserem Geschlecht herrührte, und nur im Akt der Liebe auf Augenblicke überwunden werden konnte, lag zwischen uns wie der Fluss zwischen Pipi und Popo. Am Ende waren wir irgendwie doch alle Monaden, gefangen in uns und unserer Vorstellung von der Wirklichkeit. So dachte ich gütig und barmherzig und glücklich und angetrunken, kurz: in philosophischer Stimmung. Und ich dachte an Gilgamesh und Enkidu, an David und Jonathan, an Jesus und den Jünger, den er liebte, an Sokrates und Alkibiades, an Gustav und Tutein und all die anderen. Aber sobald meine Gedanken bis ins Schlafzimmer dieser Leute vordrangen, war es sofort aus. Allein die Vorstellung…bei aller Liebe, aber nein, das war nichts für mich. Mein Pipi konnte mit Popo, so lieb er auch war, nichts, aber auch wirklich gar nichts anfangen. Es war schon recht, dass da ein breiter Fluss lief, der möglichen Verwirrungen vorbeugte.

„Na, wie gefällt es dir?" fragte Uli, als er zurückgekommen war. Er war frisch gepudert und duftete nach Parfüm.

„Es ist nett, aber es ist nichts für mich."

„Sag mal, weißt du wie Schlange schmeckt?"

„Nein. Nebenbei, wenn das eine Anspielung sein soll, ist sie unter aller Sau."

„Glaubst du Schlange schmeckt gut oder nicht?" fragte Uli, ohne auf meinen Einwand einzugehen. Er musste sich dieses Gedankenspiel auf der Toilette zurechtgelegt haben.

„Ich weiß es nicht," antwortete ich.

„Ha!" meinte Uli triumphierend.

„Ha, was?"

„Du weißt es nicht, weil du es nie probiert hast."

„Oh. Raffiniert."

Uli zwinkerte mich an.

„Du musst es erst probieren, bevor du sagen kannst: Nein, das mag ich nicht."

„Das muss ich nicht und das weißt du auch."

„Aber dann bist du ungerecht," wandte Uli ein.

„Besser Unrecht tun als Unrecht leiden," entgegnete ich.

Dann redeten wir wieder über anderes. Aber Uli versuchte immer wieder auf Pipi und Popo zurückzukommen.

„Lass uns für einen Augenblick mal von was anderem sprechen, ja? Wie steht eigentlich deine Mutter dazu?" fragte ich, um das leidige Thema ein für alle mal zu wechseln.

„Sie weiß nichts."

„Das glaub ich dir nicht."

„Doch, es stimmt. Früher habe ich immer mal wieder Frauen mit nach hause mitgenommen. Um den Schein zu wahren. Und irgendwann hab ich dann gemeint, ich wollte mich nicht verheiraten. Und dabei ist es dann geblieben," erklärte Uli.

„Glaubst du, sie weiß es?"

Uli schüttelte den Kopf.

„Es tut mir leid," meinte ich, „aber das ist nur schwer zu glauben. Dass die eigene Mutter…"

„Genau das ist es. Es ist eine Frage des Glaubens. Sie hat beschlossen zu glauben, dass ihr einziger Sohn eben Junggeselle bleiben will. Der Glaube ist ihr tröstlich. Es ist der Glaube der alten Weiber, die vor dem Bild der Jungfrau eine Kerzen anzünden und beten, dass der Krebs sie nicht frisst. Sollte ich ihren Glauben erschüttern? Sie hätte sich sicher Enkelkinder gewünscht. Es ist halt nichts daraus geworden," sagte Uli. Er war plötzlich sehr ernst, fast bitter. Diesen Zug hatte ich noch nie zuvor an ihm gesehen. Er war wie ein verwundetes Tier.

Da wurde mir mit einem mal die ganze Tragik seines Lebens bewusst. Immer hatte er sich verstecken müssen. Erst vor seiner Mutter. Und später vor seinen Kollegen beim Radio – Homosexualität und Deutsche Schlagerkultur vertragen sich nicht gut. Wer da vor mir saß, war nicht ein eleganter Gentleman mit exotischen Neigungen, sondern eine tragikomische Gestalt am Ende ihrer Möglichkeiten.

„Warum bist du eigentlich ins Seminar eingetreten?" fragte ich.

Er machte eine feminine Handbewegung.

„Lass es mich anders fragen, warum hast du beim Radio aufgehört?"

Er wand sich eine Weile. Am Ende gab er aber zu, dass man sich beim Sender nach zwanzig Jahren und stetem Rückgang der Zuhörerzahlen entschieden habe, das Programm von Grund auf zu modernisieren. Neue Musik und neue, junge Stimmen. Er hatte einfach ausgedient. Und war dementsprechend entsorgt worden.

„Ich verstehe trotzdem nicht den Sprung vom Radio ins Seminar," meinte ich.

„Es hat verschiedene Gründe," meinte er ausweichend.

„Die Gesellschaft sagt dir zu, das Milieu, das kann ich gut nachvollziehen..."

„Und das Geld," sagte er kleinlaut. „Die geben mir jeden Monat zweitausend dazu. Meine Mutter gibt weitere zweitausend. So komm ich über die Runden."

„Wie? Du lässt dich aushalten? Dabei hast du doch beim Radio gut verdient, hast du erzählt. Hast alleine gelebt, keine Kinder zu versorgen, keine Frau. Die Eigentumswohnung ist gewiss abbezahlt und dein Auto auch, oder?"

„Ja, das schon. Knapp achttausend habe ich jeden Monat beim Radio bekommen. Plus Extragagen für Veranstaltungen."

„Hast du denn nichts gespart?"

„Wie es kam, hab ich es ausgegeben," meinte Uli.

„Aber für was denn?"

„Na, so dies und das. Ein paar Bilder und Antiquitäten. Und dann will man ja auch was vom Leben haben," sagte er.

„Prostituierte vielleicht? Du hast dein Geld verhurt? Wenn dem so ist…Respekt!"

„Aber nicht doch, nein. Kleine Geschenke hier und da. Zum Erhalt der Freundschaft. Aber bezahlt hab ich nie. Das ist unter meiner Würde," verteidigte er sich. Und ich glaubte ihm. So zartbeseelt und ängstlich er im Grunde war, konnte ich mir nicht vorstellen, wie er sich auf dem Strich umtat.

Ulis Laune verdüsterte sich. Und nach einem langen Tag schien er plötzlich sehr müde und alt. Wir fuhren zurück in unser Motel, verabschiedeten uns höflich auf dem Flur und gingen jeder in sein Zimmer.

*

Ich fand schließlich heraus, wie Uli sein Geld ausgegeben oder besser: angelegt hatte. Er hatte mich in seine Wohnung eingeladen. Erst schlug ich die Einladung aus, aber er bestand darauf, dass er mir etwas zeigen müsse und dass es wichtig sei.

„Einen neuen Stringtanga?" argwöhnte ich.

„Nicht doch."

„Und du versuchst auch nichts sonderbares?"

„Ich schwöre beim Heiligen Taddäus."

„Na dann."

Die beiden Zimmer und das Bad waren im Stil einer barocken Residenz eingerichtet. Ich muss das vielleicht präzisieren. Uli ahmte den Stil des Barock nicht nach, sondern hatte ihn für sich selbst neu erfunden.

Der Holzboden war mit Intarsien eingelegt. Die Wände mit Stofftapeten gespannt. Komplexe Banderolen schlangen sich um jeden Lichtschalter und jede Steckdose. Die Türen waren ebenfalls mit komplexen Intarsien versehen und offensichtlich von Meisterhand gefertigt. Bei den wenigen Möbeln handelte es sich um herrlich restauriere Antiquitäten. Ich schätze, dass selbst einer der Louis XIV Stühle mehrere Tausend wert war. Von dem wuchtigen Schreibtisch und dem Himmelbett ganz zu schweigen. Der eigentliche Schatz hing aber an den Wänden. Von großen Ölmalereien, meist Portraits, bis hin zu winzigen Orginalskizzen – darunter auch eine von Tiepolo – waren alle möglichen und unmöglichen Formate zu finden. Die Bilder nahmen praktisch die gesamte Wandfläche ein. Zusätzliche Werke stapelten sich vor einer wuchtigen Bücherwand, die wohl mehrere hundert hochkarätige Bildbände enthielt.

„Wo ist deine Küche?" fragte ich.

Uli zuckte die Schultern. „Hab keine. Esse auswärts."

„Und trinken? Ein kühles Bierchen am Abend? Oder ein Schluck Wein? Bist du etwa kein Mensch, Herr Uli?"

Er grinste mich an und öffnete eine exquisite kleine Truhe, auf der ein besticktes Kissen ruhte. Es zeigte Satyren und Nymphen an einem Bach. Die Truhe enthielt einen Minikühlschrank.

„Ha!"

„Ein Bier gefällig, der Herr?" fragte Uli.

„Man dankt!"

Trotz all der Wertgegenstände, die leicht

mehrere hunderttausend wert sein mochten, waren Ulis zwei Zimmer in bester Citylage sehr gemütlich. Man fühlte sich nicht wie in einem Museum. Alles war irgendwie eingelebt. Ganz unbefangen ließ ich mich auf einem Divan nieder.

„Darf man rauchen?" fragte ich.

Er steckte mir eine seiner Marlboro Lights an. Wir aschten in einen zierlichen Porzellanbecher.

„Nett hast du´s hier. Jetzt weiß ich wenigstens, wo dein ganzes Geld geblieben ist."

„Ach, ich hab es verschwendet," seufzte Uli.

„Ich würde sagen, du hast es vortrefflich angelegt."

„Um jede Semmel muss ich betteln." Uli schwelgte beizeiten gerne in halb ernst gemeintem Selbstmitleid.

„Was passiert mit dem ganzen Zeug, wenn du mal in den Himmel kommst?"

Uli blickte betroffen drein. Er vertrug jeden Spaß. Nur, wenn es um sein Alter ging, war er empfindlich. Ich war der einzige, dem er solche Sticheleien durchgehen ließ.

„Jemand wird wohl erben."

„Hast du Verwandte?"

„Zwei Nichten. Furchtbare Plunsen. Hab sie das letzte mal vor zehn Jahren zum neunzigsten Geburtstag meines Onkels gesehen. Die würden gar nicht wissen, was sie bekommen."

„Schade. Wie gewonnen, so zerronnen."

„Willst du es nicht haben?" fragte er plötzlich. Und ich wusste, dass er es ernst meinte.

„Wie soll das gehen?"

„Ich überschreibe dir alles, was ich habe. Nur das Niesrecht behalte ich. Wenn ich dann...gehe, ist alles dir."

Wenn mir je im Leben eine Versuchung widerfahren ist, dann war es in diesem Moment. Die meisten meiner Sorgen drehten sich um meine finanziellen Lage. Die alternierte zwischen stark gespannt und völlig aussichtslos. Auch das war ein Grund, warum ich nur zu gerne in die Arme der Heiligen und Wohlhabenden Mutter Kirche geflohen bin, die keines ihrer angestellten Schäflein je verloren gehen lässt. Doch nun stand ich vor einer Entscheidung, die mein ganzes Leben verändern und einen großen Teil meiner Probleme mit einem Schlag lösen konnte. Vor mir lag sprichwörtlich ein Lottoticket mit den Gewinnerzahlen.

Uli begann sehr sachkundig die einzelne Stücke zu schätzen. Dabei erfuhr ich, dass er regelmäßig Angebote für das eine oder andere erhielt.

„Insgesamt sollte das mit der Wohnung zusammen ein stolzes Milliönchen geben," sagte er. Und ich glaube, dass er eher am unteren Ende schätzte.

Eine Million. Für einen bescheidenen Menschen wie mich, war das mehr als genug, um davon mein Leben bestreiten zu können. Ad infinitum. Ich malte mir aus, wie ich einige der Bilder verkaufen, das Geld anlegen und von den Erträgen meinen Unterhalt bestreiten könnte. Ich musste nur „Ja" sagen.

Aber dann: Welche Folgen würde dieses „Ja" mit sich bringen?

„Das ist ein guter Preis," sagte ich.

„Ich verlange nichts dafür. Nur deine Freundschaft. Und was immer du freiwillig zu geben bereit bist," sagte er. Und dann fügte er grinsend hinzu: „Hauptsache diese schrecklichen

Plunsen bekommen es nicht. Bei dir weiß es wenigstens, dass es in gute Hände kommt."

Ich atmete durch, ordnete meine Gedanken und sagte dann: „Lass mal."

„Du willst nicht?" fragte Uli erstaunt.

„Nein, ich will nicht. Was soll ich damit? Ich habe alles, was ich brauche," log ich.

„Oh…" Uli war sichtlich enttäuscht.

„Eher geht ein Kamel durch das Nadelöhr, als ein Reicher ins Himmelreich," scherzte ich.

„Ich verstehe dich einfach nicht," sagte Uli. „Du bist der sonderbarste Mensch, der mir je begegnet ist."

Ich sah mich um.

„Ich bin sonderbar? Nah…"

Wir schwiegen. Und dieses Schweigen war wie ein Abschied.

„Noch ein Bierchen?" fragte Uli leise.

„Alle gute Gaben kommen vor dir…"

„…ich öffne meine Hand und erfülle alles, was da lebt, mit Segen."

*

Armer Uli. Es nahm ein schlimmes Ende mit ihm und ich trug meinen Teil dazu bei. Mehr und mehr verfing er sich in einer Spirale des Niedergangs. Er war auf eine abschüssige Bahn geraten. Ganz so wie Aschenbach ging er seiner Sehnsucht folgend unter.

Das Lied vom Ende begann damit, dass ich ihm die Freundschaft kündigte. Er zwang mich förmlich dazu, obwohl es mir leid um ihn tat. Aber er wurde einfach zu aufdringlich. Bezeichnete mich in aller Öffentlichkeit als seinen Liebling. Oder machte sogar richtig gehende Szenen, wenn ich mal nicht mit ihm, sondern mit anderen Mitbrüdern sprach.

„Spannt ihr mir etwa mein Liebling aus?" fragte er empört in ihrem Beisein. Ich lief rot an. Peinlich war das. Unerträglich.

Also begann ich ihn zu schneiden, brachte soviel Abstand wie möglich zwischen uns. Ich mied ihn wie einen Pestkranken. Sogar wenn er mich ansprach, ignorierte ich ihn.

Er litt darunter wie ein Tier. In seiner Verzweiflung schickte er mir Briefe oder schob Nachrichten unter meiner Tür im Seminar hindurch. Er versuchte sogar über meine Mitbrüder an mich zu kommen. Dass er andere in die Sache mit hinein zog, brachte das Fass zum überlaufen.

Um mich von jedem Verdacht reinzuwaschen, musste ich grausam vorgehen.

Ich sprach die Angelegenheit im Kreis einiger Mitbrüder „vertraulich an." Dabei wusste ich, dass die skandalsüchtigen Klatschbasen, die ich mir ausgesucht hatte, jedes meiner Worte binnen Stunden im ganzen Bistum verbreiten würden.

„Er hat mir einen Antrag gemacht, der Schwule. Ekelhaft ist das. Widerwärtig. Unnatürlich. Wie kann so jemand Priester werden wollen? Als ob wir nicht schon genug mit den ganzen Missbrauchsfällen zu tun hätten!"

Das genügte. Die Bombe war geplatzt. Ein eherne Gebot des Seminars war gebrochen worden: Man durfte alles sein und tun, solange nicht explizit davon geredet wurde. Nun aber wurde davon davon geredet. Da war ein Bruder, der sich von einem Mitbruder sexuell bedrängt fühlte. Und das in einem Priesterseminar. In einer

Zeit, wo die Medien nicht müde wurden, von Missbräuchen im Klerus zu berichten. Von daher wurde Uli nicht mehr nur als Außenseiter, sondern als Persona non grata behandelt.

Es begann damit, dass der Regens, der Leiter des Seminars, regelmäßig Auskunft über seinen Studienfortschritt verlangte. Ohne meine Hilfe als wissenschaftliche Schreibkraft sah die Sache bald düster aus. Auch die für die Zwischenprüfung verpflichtenden Sprachkurse Griechisch und Hebräisch hatte er verpatzt. Man stellte ihm ein Ultimatum. Noch ein Semester Aufschub, sonst müsste man Alternativen ins Auge fassen. Mit „Alternativen" war eine Katholische Privathochschule gemeint, in welcher die Spätberufenen in Trimestern Theologie im Schnelldurchgang und unter strikter häuslicher Disziplin studierten.

Uli verzweifelte. Und wieder war er alleine. Niemand war da, der ihm half oder ihn unterstützte. Nicht einmal aussprechen konnte er sich. Denn außer mir hatte er keinen Freund auf der Welt. Selbst seiner Mutter gegenüber musste er schweigen.

Der Stress und die Angst brachen ihm endlich das Genick. Sein von Alkohol und Zigarettenkonsum geschwächter Körper hörte eines Tages einfach auf zu arbeiten. Die Ärzte sprachen von multiplem Organversagen. Er lag noch ein paar Tage im Koma. Einige Mitbrüder besuchten ihn. Auch seine Mutter war da. Selbst die Plunsen schickten bunte Blumensträuße, über die er sich zweifellos sehr geärgert haben würde. Nur ich blieb fern.

Und dann starb er. Sechsundfünfzig Jahre jung. Kinderlos. Alleine von seiner uralten Mutter betrauert. Und vermutlich von allen außer mir, seinem unfreiwilligen Mörder, vergessen.

Herr Glahn

Unmittelbar nach dem Studium nahm ich einen Job als Pflegehelfer in einem Altenheim an. Das war mit Abstand der schlimmste Job, den ich je hatte. Jeden Tag von Krankheit, Verfall und Tod umgeben zu sein, geht an die Substanz. Vor allem, wenn man jung ist. Das geballte Leid von so vielen Menschen, die jeden Tag unter meinen Händen ein klein wenig mehr starben, bereitete mir schlaflose Nächte und führte am Ende zu einer massiven Depression. Ich fühlte mich wie lebendig begraben. Ein Lebender unter lebenden Leichen. Ich dachte in jenen Tagen oft an Ulis Wohnung und die Schätze, die darin enthalten waren und die ich hätte haben können.

Während meiner Zeit dort begegnete ich einem Mann, der sich mit meinem verblichenen Onkel Willi zweifellos bestens verstanden hätte. Wie jener war er ein passionierter Jäger gewesen und trug noch immer die entsprechende Tracht. Dies aber nicht aus Gewohnheit oder Vorliebe, sondern aus dem schlichten Grund, die Schwestern zu tyrannisieren. Überhaupt war alles, was er tat, nur darauf ausgelegt, dem Pflegepersonal das Leben zur Hölle zu machen, weil sie, wie er mir einmal erklärte, ihm das Leben zur Hölle machten.

Gerd war noch ziemlich jung als ich ihn kennenlernte – jung für ein Altenheim, meine ich. Er hatte er die Sechzig noch nicht erreicht, war aber schon seit acht Jahren „Insasse". Er hatte bei der Jagd einen Schlaganfall erlitten, der ihn bis auf den linken Arm gelähmt hatte. Er hatte keine Verwandten, die sich um ihn kümmern konnten oder wollten. Also landete er – halb gezogen, halb geschoben, wie er es ausdrückte – in einem Pflegeheim, wo er der jüngste und geistig fitteste Bewohner war.

Dementsprechend hielt er sich von den „Leichen" fern, wie er die anderen Insassen nannte. Er verließ praktisch nie sein Zimmer, schaute den ganzen Tag Fernsehen und trank. Natürlich sollte er nicht trinken. Aber ohne einen gewissen Pegel war er schlicht unerträglich. Er schrie und randalierte, schlug nach den Pflegerinnen und drohte mit dem Anwalt. Also steckte man ihm jeden Tag eine Flasche Wein zu. Er trank ein Glas am Mittag, den Rest nach der Tagesschau am Abend. Um besser einschlafen zu können, wie er mir erklärte.

Sein Tag begann gegen neun Uhr. Er war der letzte Heimbewohner, den man tagesfrisch machte, meint: aus dem Bett holte. Zwei bis drei Schwestern waren dazu nötig. Gerd beschimpfte die Schwestern zuerst. Dann versuchte er ihre Brüste und Geschlechtsteile zu berühren, während sie sich abmühten, ihm die enge Lederhose anzuziehen. Wenn er konnte, entleerte er seinen Darm bei diesem Vorgang. Besudelte Kleidung, Bett und Wärterinnen gleichermaßen. Oder er pisste sie schlicht an. Oder er pisste sich voll und verlangte dann, frisch gemacht zu werden. Auch beim Duschen, entleerte er sich liebend gerne. Nur beim Baden blieb er friedlich. Das ist, nachdem man ihn mit aller Gewalt in die Badewanne bekommen hatte.

Verständlicherweise wollte keine Schwester zu Gerd. Also schickte man eines Morgens mich in die Höhle des Löwen, nachdem man mich ausgiebig gewarnt und vorbereitet hatte. Die Rechnung war, dass ich es als Mann leichter mit ihm haben würde. Als Gegenleistung für meine Opferbereitschaft durfte ich mir mit Gerd gerne eine Stunde oder auch länger Zeit lassen. Zeit ist ein Luxus im Pflegeheimbetrieb. Alles läuft hier im Minutentakt, jeder Handgriff muss sitzen. Die Pfleger sind wie Fließbandarbeiter, deren Werkstücke sterbende Körper sind.

Kurz vor neun betrat ist Gerds Zimmer. Die Luft war abgestanden und es stank nach Urin, Schweiß und Kot. Ich zog die Rollos hoch. Gerd zwinkerte mich an.

„Morgen," sagte ich.

„Ha," sagte Gerd. Sein halbes Gesicht war gelähmt, weswegen er undeutlich und langsam sprach.

„Wollen wir aufstehen?"

„Wo haben sie dich denn aufgetrieben?"

„Mich? Ich bin aus dem Irrenhaus entlaufen."

„Haha."

„Gegenüber haben sie ein Irrenhaus gebaut. Wusstest du das nicht?"

„Hm."

„Stecken die armen Mädels rein, die den Verstand verloren haben, nachdem sie bei dir waren."

„Ha."

Ich zupfte an meinem weißen Kittel. „Irrenhauskleidung hab ich noch an. Perfekte Tarnung, was?"

Gerd grinste.

„Was machst du dann hier?" fragte er.

„Ich versteck mich, hab ich doch gesagt."

„Ha."

„Also, was machen wir? Stehen wir auf oder was?"

„Klar."

Ich verstand mich auf Anhieb mit Gerd. Wir beide waren irgendwie erleichtert. Wie Gladiatoren hatte man uns aufeinander losgehetzt, aber wir ließen die Schwerter stecken und umarmten uns stattdessen. Ich war froh, dass sich Gerd benahm, und er war froh, endlich mal wieder mit einem Kerl zu tun zu haben. Ich erzählte ihm, welche Schrecken er unter den Schwestern verbreitete und er lachte herzlich darüber.

„Die dummen Huren," sagte er.

„Nana, Gerd, die machen auch nur ihre Arbeit."

Ja, das sah er ein. Aber trotzdem.

„Weißt du, wie es ist, wenn man von einer angefasst wird, aber man kann nichts mehr machen? Alles tot da unten. Scheiße ist das."

Ja, das konnte ich verstehen. Aber trotzdem.

Ich zog Gerd an, richtete ihm sein Frühstück und lüftete den Raum.

„Ich fühl mich wie deine Frau," meinte ich, als ich ihm Kaffee nachschenkte.

„Keine Schwulitäten," verbat er sich.

„Aber nicht doch, nicht mir dir. Du stinkst wie ein Eber."

Er lachte.

„Nein ernsthaft, du stinkst. Wollen wir schnell duschen?"

„Hm…"

„Stell dich nicht an, Gerd, du stinkst."

„Ja, ja."

Ich ging nach draußen und holte mir den Plastikrollstuhl für die Dusche. Ein paar von den Schwestern sahen mich verwundert an.

„Wofür brauchst du das denn? Hat er sich

wieder vollgeschissen?"

„Na, er will duschen."

„Er will duschen?"

„Aber ja."

Den Schwestern stand der Mund offen. Sie sahen einander ungläubig an.

Ich ging zurück zu Gerd. Mit vereinten Kräften wuchteten wir ihn auf den Rollstuhl. Ich schob ihn unter die Dusche, stellte die Temperatur ein.

„Los," sagte er.

„Willst du selber?"

„Ich kann nicht."

„Du hast noch einen Arm. Entweder zu seifst dich ein oder du hältst die Brause. Eins von beiden. Was darf es sein?"

Gerd griff die Brause. Ich seifte ihn ein.

„Keine Schwulitäten," sagte ich als ich an seinem Geschlecht angekommen war.

Er grunzte vergnügt. Dann brauste er sich ab, wo er konnte. Den Rest übernahm ich. Dann trocknete ich ihn ab, föhnte ihn und verpasste ihm eine ordentliche Rasur. Als er komplett angezogen und seitengescheitelt war, rollte ich ihn vor den Spiegel im Bad.

„Siehst wieder aus wie ein Mensch und riechst auch so," stellte ich fest.

Gerd sagte erst nichts. Dann wischte er sich eine Träne aus dem Gesicht.

„Dankeschön," meinte er leise.

„Schon gut, Gerd, ich muss jetzt weiter. Ich schau zum Mittagessen wieder vorbei."

Ich stellte ihm den Fernseher an und ging.

*

Gerd wurde mein Privatpatient. Und ich darf sagen, unter meiner Hand blühte er auf. Wir waren auf der ganzen Station Gesprächsthema. Des Widerspenstigen Zähmung. Gerd war wie ausgewechselt. Er benahm sich sogar gegenüber der Nachtschwester. Sanft wie ein Lämmchen war er geworden.

Die folgenden beiden Wochen waren richtig gut für ihn. Und sogar für mich waren sie einigermaßen erträglich. Ich holte ihn aus dem Bett und saß mit ihm beim Mittagessen zusammen. Wir schimpften über die SPD und diskutierten Fußball.

Gelegentlich sandte er mich auf kleine Missionen. Er steckte mir Geld zu, um bei der Tankstelle Schnaps zu kaufen. In Stamperlgröße, damit man sie gut verstecken konnte. Das großzügig bemessene Wechselgeld durfte ich behalten. Gerd bot mir auch an, mit ihm anzustoßen. Aber ich schlug höflich aus.

„Wenn die Chefin ne Fahne an mir riecht, geht's zurück ins Irrenhaus."

„Haha."

Wir unterhielten uns, oft lange, über alle möglichen Dinge. Ich erfuhr, dass Gerd recht wohlhabend war. Sein Vater war Beamter gewesen. Ein Erbsenzähler. Sparsam bis in den Tod. Und seine Frau, Gerds Mutter, war ähnlich gesinnt gewesen. Eine Pfennigdreherin. An einem Tag machte sie Pfannkuchen und am nächsten Tag von den Resten Pfannkuchensuppe. Trockenes Brot wurde ebenfalls in Suppe verwandelt. Desgleichen ging es mit Kartoffeln, die es fast jeden Tag als Beilage gab. Gemüse, Fleisch, alles wurde irgendwann zu Suppe.

„Ich hasse Suppe," sagte Gerd.

Ja, das konnte ich verstehen.

Gerds Eltern Eifer zu sparen ging soweit, dass sie sich nur ein Kind gönnten. Und das auch nur, weil man sonst in der Nachbarschaft und im Amt geredet haben würde. Nach ihrem Verscheiden erbte Gerd einen Haufen Geld. Und ein kleines Haus. Er gab seinen Beruf als Drucker auf, zog ins elterliche Haus und frönte fortan seiner einzigen Passion der Jagd.

Verheiratet war er nicht und Verwandte hatte er auch keine. Zumindest hatte er keinen Kontakt mit ihnen. Zeit seines Lebens war er ein Einzelgänger gewesen. Dies nicht nur, weil es seiner Veranlagung entsprach, sondern auch aus Gewohnheit.

„Ich durfte keine Freunde nach hause einladen," sagte er. „Meine Mutter hatte Angst, dass sie alles schmutzig machen. Und mein Vater hätte sich über die Mehrkosten beschwert."

Gerd zuckte mit der linken Schulter. Aber ich glaubte, so etwas wie Bedauern in seinem Gesicht gelesen zu haben.

Mit den Frauen hatte es Gerd auch nicht. Einmal in der Woche besuchte er einen Wohnwagen, der am Stadtrand unter hohen Tannen abgestellt war. Dort umarmte er Natascha. Natascha war seine Flamme. Er mochte sie sehr. Und er war ihr treu. Er hätte zu anderen gehen können, aber jeden Dienstag fuhr er zu ihr. Am Dienstag war wenig Betrieb, darum hatte er diesen Tag für ihre Zusammenkünfte gewählt. So hatten sie ein, zwei Stunden miteinander. Und in dieser Zeit lebten sie in Nataschas Wohnwagen wie ein altes Ehepaar. Er brachte Kuchen mit und sie kochte ihm Kaffee. Und dann saßen nebeneinander und aßen Kuchen und tranken

Kaffee. Im Winter im Wohnwagen und im Sommer an einem Campingtisch dahinter. Sie im Morgenmantel und er in Jägerkluft.

Es waren wenig wortreiche Zusammenkünfte. Denn Nataschas Deutsch ließ zu wünschen übrig. Und Gerd war, wie er grinsend zugab, ebenfalls ein wenig befangen.

„Über was hätte man auch reden sollen?" fragte er.

Ja, das war eine berechtigte Frage.

Wenn der Kaffee ausgetrunken und der Kuchen aufgegessen war, beschlief er Natascha. Danach gab er ihr einen Hunderter, obwohl sie es schon für fünfzig gemacht hätte. Und sie gab ihm einen Kuss und sagte, er wäre ihr Liebster.

Eine Lüge, wie Gerd wusste. Aber eine süße Lüge.

„Schade, dass sie dich nicht besucht," sagte ich einmal etwas unbedacht.

„Und mich so sieht?" fuhr er mich an.

Ja, da hatte Gerd recht. Er bot keinen tollen Anblick mehr.

*

Es war die Pflegedienstleitung, die Gerds und meine Idylle zunichte machte. Die gleichen Schwestern, die so froh gewesen waren, nicht mehr zu Gerd gehen zu müssen, beschwerten sich nun, dass ich praktisch den ganzen Tag nichts anderes täte, als mich um ihn zu kümmern. Und dass sie davon Extraarbeit hätten. Wo sie sowieso schon unterbesetzt und überlastet waren.

Die Pflegedienstleitung zitierte mich also zu sich. Und man sagte mir, dass ich aufzuhören habe, Gerd so zu bevorzugen. Ich könne mich nicht die ganze Zeit nur um einen Patienten kümmern, der nicht einmal Pflegestufe III hatte, also wirtschaftlich eher unbedeutend war. Zumindest für den Augenblick. Mein Verhalten sei unfair gegenüber den anderen Bewohnern und gegenüber meinen Kolleginnen. Ich sei ein Pflegehelfer. Meine Aufgabe war es, den anderen Schwestern zur Hand zu gehen. Punktum.

Ich hätte mich verteidigen können. Es war ja nicht meine Idee gewesen. Aber ich verzichtete darauf. Ich war mit Job ohnehin am Ende. Hatte, wie man so sagt, innerlich schon gekündigt. Es tat mir nur leid um Gerd.

Ich hielt es noch eine weitere Woche aus, dann ließ ich mich rausschmeißen. Gerd sah ich nicht mehr. Aber ich hörte, dass er sich schlimmer als je zuvor benahm. So schlimm, dass sie ihn sogar ruhigstellen mussten.

Ja, auch das konnte ich verstehen. Trotzdem bedauerte ich meinen Freund. Armer Gerd.

Die Schöne und das Biest

Es ist gar nicht so lange her, da habe ich die Schöne und das Biest in Fleisch und Blut kennengelernt, wobei ich mir nicht ganz sicher bin, wer die Schöne und wer das Biest war.

Ich hatte einen Job als Home Improvement Salesman. Dabei besuchte ich Kunden und gab ihnen Kostenvoranschläge für ihre diversen Renovierungsprojekte. Neue Fenster, Türen, Dächer, Vorhänge, Fassaden und was nicht alles. Kein schlechter Job, wenn auch ein wenig stressig und chaotisch. Doch man sieht so allerhand dabei. Man kommt rum. Man lernt einen Haufen Leute kennen. Die meisten so langweilig, dass man sie sofort wieder vergisst. Aber manche, manche bleiben einem aus was für Gründen auch immer im Gedächtnis.

Die Schöne und das Biest werde ich nie vergessen. Dabei ist die Erinnerung an sie bittersüß. Ein Wechselspiel widerstreitender Gefühle. Nicht gut, nicht schlecht, irgendwas dazwischen.

Die Schöne und das Biest wohnten in einem heruntergekommenen Haus am Rande eines jener tiefen Wälder in Upstate New York. Trotz GPS kostete es mich einige Mühe, das Anwesen zu finden. Der erste Blick auf die abblätternde Farbe des Hauses und das verwilderte Grundstück ließ mein Herz sinken. Ob hier Geld zu machen war? Ich bezweifelte es. Auf der anderen Seite musste man jedem Lead folgen. Gerade in diesem Geschäft gilt der Spruch: Manchmal schießen Besen. Und die lukrativsten Abschlüsse habe keineswegs in mondänen Häusern gemacht, eher das Gegenteil.

Ich parkte mein SUV mit der knalligen Aufschrift „Yankee Home Improvement" auf der verwilderten Wiese, die das Haus umgab und stieg aus. Da kam mir schon das Biest entgegen. Es war schwer zu sagen, wie alt er war. Er war bis aufs Skelett abgemagert, glatzköpfig, mit dunklen Rändern unter den Augen. Ich wusste sofort was los war. Chemotherapie. Ich hatte einen Krebspatienten vor mir.

Profi, der ich war, ließ ich mir natürlich nichts anmerken.

Wir tauschten einige Begrüßungsfloskeln aus. Dann fragte ich nach seinem Projekt. Er wollte eine Terrasse auf der Rückseite seines

Hauses anlegen.

„Ich würde es ja selbst machen," meinte er.

Und ich dachte: „Gewiss nicht, mein Freund."

„Nein, nein, das sollten Profis machen. Da kann viel schief gehen. Und wenn man es nicht richtig macht, sieht es am Ende schlimmer aus als zuvor. Und einen Haufen Geld hat man dazu auch noch verbrannt," sagte ich in bester Manier meines Berufsstands.

„Ja," stimmte das Biest zu, „darauf bin ich dann auch gekommen. Vor allem meine Frau will, dass es richtig gemacht wird."

„Verständlich."

Während ich meine Maße nahm, plauderten wir weiter. Das Biest schien ganz in Ordnung.

Je mehr ich maß und rechnete, desto mehr fürchtete ich, dass hier kein Geschäft zu machen war. Abgesehen von den Kosten des Projekts selber ist Krebs vor allem in den Staaten ein teures Hobby. Aber was sollte es? Ich würde meine kleine Verkaufspräsentation in diesem Haus mit der gleichen Passion halten wie in einer multimillionen Dollar Villa. Das Biest und sein Weibchen hatten auch ein Recht auf ihre Träume, ein Hochglanzprospekt und meine auf dickem Karton gedruckte Visitenkarte.

Und außerdem: Manchmal schießen Besen.

Wir gingen hinein.

Und da sah ich die Schöne.

Sie war das exakte Gegenbild ihres Mannes. Ein wahres Sinnbild von Lebendigkeit und Gesundheit. Sie war hoch gewachsen, doch sehr weiblich. Ihr rundes Gesicht strahlte förmlich vor Lebensfreude. Ihre Wangen waren leicht gerötet. Dunkles glänzendes Haar fiel über ihre Schultern bis hinab zum Steiß. Sie hatte eine gute Figur, wenn auch ein klein wenig auf der kräftigen Seite. Doch das unterstrich die Aura der Vitalität nur noch, die sie wie ein Kraftfeld umgab.

Sie trug die Uniform einer Krankenschwester. Das war ihr Beruf. Und ihre Passion.

Wir redeten ein wenig über ihr Projekt. Ich bemühte mich, das Thema Preis zu umgehen, so gut es ging. Ich schätze die Terrasse würde mehr kosten, als ihr Haus wert war. Ein echter Konversationskiller. Und ich wollte unbedingt noch ein wenig länger bleiben. Denn die Schöne… Es ist schwer zu beschreiben. Sie strahlte etwas aus, von dem ich nicht genug kriegen konnte. Gesundheit, Lebendigkeit und noch etwas anderes. Etwas hoch erotisches und verdorbenes.

Saß da neben mir ein Geschöpf der Unterwelt in Verkleidung eines gütigen Engels? Wie anders könnte man auch sonst eine Frau nennen, die ihre Jugend der Pflege eines Mannes opfert, der nicht so aussieht, als ob er noch lange hätte. Oder ging sie Sache noch tiefer. Genoss sie vielleicht am Ende sogar seinen Zustand, begünstigte ihn sogar, wie die Münchhausenmütter, die ihren Kindern einreden, dass die krank seien, nur um sie dann mit ihrer liebevollen Pflege ganz für sich zu vereinnahmen? Stand da eine zweite Rachel vor mir?

Irgendwann aber musste ich mit dem Preis herausrücken. Die Schöne nahm es mit einem gelassenen Lächeln. Wie jemand, der gewohnt ist, schlechte Nachrichten zu hören und nichts weiter dabei findet. Das Biest schluckte mehrfach, wobei sein Adamsapfel stark hervorsprang.

Ich machte es ihnen leicht, sagte, sie sollten darüber nachdenken, ließ ihnen Katalog und Karte zurück und verabschiedete mich.

Während der Heimfahrt bekam ich die Schöne nicht aus dem Kopf. Ich fantasierte ein wenig. Stellte mir vor, wie sie das Biest wusch. Wie sie das Knochengerüst von einem Mensch in eine halb gefüllte Badewanne hob. Wie eine Mutter ihr Kind. Wie sie den verfallenden Leib einseifte. Wie ihre Hand zwischen seinen Beinen verschwand, wie zufällig sein Geschlecht berührend. Wie sie dann das Werk der Liebe tat. Nachsichtig lächelnd.

Quietschende Reifen und ärgerliches Hupen brachten mich zurück in die Wirklichkeit. Ich hatte eine rote Ampel überfahren und war beinahe in einen Unfall verwickelt worden.

*

Nach ein paar Tagen hatte ich die Sache vergessen. Und sie wäre vergessen geblieben, wenn ich nicht einen Anruf von der Schönen bekommen hätte. Ich erkannte ihre weiche, ruhige Stimme sofort.

„Wir haben noch ein paar Fragen," meinte sie. Und wollte wissen, ob ich nicht nochmal vorbei kommen könne.

„Klar", sagte ich. „Wann passt es denn?"

„Oh, vielleicht morgen Vormittag gegen neun?"

„Trifft sich gut. Ich bin morgen früh ohnehin in dieser Gegend."

Natürlich war das eine Lüge. Aber ich konnte einfach nicht widerstehen. Ich verschob meine Termine für diesen Tag um ausreichend Zeit für sie zu haben. Und während ich das tat, dachte ich mir: „Was tust du da eigentlich?" Dann aber redete ich mir wieder gut zu: „Manchmal schießen Besen. Die würden mich ja nicht einladen, wenn sie nicht ernsthaft Interesse hätten, oder?"

Ich war genau zwei Minuten zu früh. Es war ein sonniger, doch kühler Morgen. Die Luft war ganz rein. Reine Landluft. Ich überquerte die Wiese. Meine Hose sog sich mit Tau voll. Aber das störte mich nicht weiter. Ich war voller Vorfreude, die Schöne wiederzusehen.

Sie winkte mir schon vom Fenster aus zu. Ich sprang die Stufen hoch. Da stand sie im Türrahmen.

„Hallo," sagte ich.

„Hallo. Komm rein."

„Ok."

Sie trug wieder ihre blaue Uniform. Während sie mich in die Küche führte, studierte ich ihren Gang. Es war jener besondere Krankenschwestergang, der stets eilt, ohne je zu hasten. Jeder Schritt war genau abgemessen. Es war als lauschte man einem Metronom, wenn die weichen Gummisohlen ihrer schneeweißen Turnschuhe über den PVC Boden huschten. Tapp. Tapp Tapp.

„Setz dich," sagte sie.

Ich nahm an einem kleinen, runden Küchentisch platz.

„Danke, dass du extra nochmal zu uns raus gekommen bist."

„Kein Problem. Ich war ohnehin in der Gegend," meinte ich.

„Kaffee?"

„Gerne."

„Milch, Zucker?"

„Schwarz wie meine Seele," sagte ich. Es war ein dummer Ausspruch, den ich mir irgendwann einmal angewöhnt hatte. Ich bedauerte sofort mein loses Mundwerk. Doch die Schöne lächelte mich nur an.

„Ich nehme ihn auch schwarz."

Sie stellte eine dampfende Tasse vor mich. Das Logo eines Kia Dealers war bereits stark abgeblättert. Wir nippten, während wir uns über den Rand der Tassen hinweg in die Augen sahen. Ihr Blick sog mich förmlich ein. Ich verbrannte mir die Mund.

„Wo ist denn…" begann ich.

„Im Krankenhaus für seine Chemotherapie. Ich hol ihn heute Nachmittag ab."

„Oh…"

Sie zeigte mir ein gütiges, liebevolles, nachsichtiges und zugleich verdorbenes Lächeln.

„Er hat Leukämie," erklärte sie.

„Das tut mir leid," sagte ich.

Sie seufzte.

„Ich hab ihn im Krankenhaus kennengelernt. Eine klassische Schwester-Patienten-Affäre. Zwischen Bettpfannen und Infusionen haben wir uns verliebt. Romantisch nicht?"

Sie nahm die Tasse mit beiden Händen und führte sie zum Mund. Wie ein liebes Raubtier betrachtete sie mich. Möglicherweise lag ich mit meiner Münchhausentheorie gar nicht so weit daneben.

„Muss hart sein," sagte ich.

„Oh ja, das ist es. Aber wir haben auch unsere guten Zeiten. Er hat einen tollen Humor. Bringt mich zum Lachen. Außerdem schaut er meine Serien mit mir an. Das hat noch kein anderer vor ihm getan."

Ich stellte mir die Schöne und das Biest nebeneinander auf der Couch vor. Ganz dicht aneinandergeschmiegt. Ihre Blicke auf den Bildschirm eines Fernsehers gerichtet. Das Biest steckte unter einer karierten Ecke. Und auch ihre Hand war dort, unter der Ecke, zwischen seinen Beinen. Werke der Liebe vollbringend.

Ich schluckte.

„Ja, ja," sagte ich nachdenklich.

Sie stellte die Tasse ab. Dann plauderten wir ein wenig über das Projekt. Sie stellte höflich einige unverbindliche Fragen und lauschte ebenso höflich meinen Antworten und Erklärungen. Natürlich wusste ich, dass das nur ein Spiel war. Und sie wusste, dass ich es wusste.

Unter anderen Umständen hätte ich bestimmt die Initiative ergriffen. Hätte eindeutige Signale gesendet. Meine Bereitschaft zum Geschlechtsverkehr bekundet. Die Schöne gefiel mir. Sogar sehr. Und ich glaubte, auch ich sagte ihr zu.

Was mich zurückhielt, war ihr Mann. Das Biest. Er tat mir leid. Das Schwein krepierte. Der Krebs hatte ihn ums Leben betrogen. Sollte ich ihm da noch die Frau wegnehmen? Ich habe moralische Standards. Manchmal sind sie nicht sehr hoch und oft genug widersprüchlich. Aber einem zu Tode Verurteilten die Henkersmahlzeit wegfressen, das war nicht meine Sache.

Natürlich verstand ich auch sie. Sie war jung und lebendig und gesund. Ihr Körper wollte liebkost werden, wollte empfangen und das Leben, das sie selbst im Übermaß besaß, weiter geben. Ich konnte sie mir gut mit ein paar bezaubernden Kindern vorstellen. Töchtern vor allem.

„Also, wenn du keine Fragen mehr hast…" sagte ich. Ich wollte aufstehen. Da legte sie ihre Hand auf meine. Und wieder war es, als hielt die Katze ihre Beute am Schwanz fest, um mit ihr zu spielen. Und wieder war ich Beute.

„Ich weiß nicht…" meinte ich.

„Ich will mit dir schlafen," sagte die Schöne geradeheraus. Und ehe ich noch eine Antwort geben konnte, versiegelten ihre Lippen meinen Mund. Sie schmeckten nach heißem, schwarzen Kaffee. Ich umarmte sie.

„Nicht hier. Komm ins Bett," stöhnte sie unter meinen Liebkosungen. Küssend und uns dabei die Kleider vom Leib reißend taumelten wir in ein Schlafzimmer. Fielen in ein Bett neben dem ein Transfusionsgestell stand. Ein faltbarer Rollstuhl lehnte an der Wand.

Ich wollte die Decke über uns ziehen, aber sie sagte nein.

„Ich will, dass du mich siehst, während du mich fickst," sagte sie.

Sie ließ nichts dem Zufall übrig. Anstatt wildem, leidenschaftlichem Sex glich unser Stelldichein eher einem komplizierten Tanz mit willkürlichen Stellungswechseln. Bald fühlte ich mich wie ein unterbezahlter Darsteller in einem lieblosen Porno. Wann immer ich vom Drehbuch abwich, brachte mich die Schöne sofort wieder auf Spur.

So ging es eine Weile. Ich mag es, wenn Frauen stöhnen. Es gibt einem das gute Gefühl, etwas richtig zu machen. Und es spornt einen an. Aber die Schöne übertrieb es einfach. Sie schrie und stöhnte wie eine Besessene. Dazwischen gab sie mir seltsame Kosenamen oder Regieanweisungen. Ich hatte gute Lust, abzubrechen. Aber ein Mann, der soweit gekommen ist, bricht nicht ab. Er bleibt bis zum bitteren Ende.

Irgendwann fiel mir auf, dass sich die Schöne immer wieder nach dem begehbaren Kleiderschrank umsah. Dessen Lamellentüren standen einen Spalt weit offen. Plötzlich nahm ich eine Bewegung war. Und für einen Augenblick konnte ich das rote Aufnahmelämpchen einer Kamera sehen.

Das Biest filmte uns. Ich hatte also mit meinem Gefühl richtig gelegen. Ich war tatsächlich der Darsteller in einem Porno. Ich stellte mir die beiden wieder auf der Couch vor. Aber anstatt einer „ihrer Serien" sahen sie sich einen Porno an, in dem sie die Hauptrolle spielte und ich die undankbare Nebenrolle ausfüllte.

Das Biest tat mir noch mehr leid. Vermutlich war er krankheitsbedingt impotent. Die einzige Möglichkeit, seine Fantasien auszuleben, war, zuzusehen, wenn Fremde seine schöne und gesunde Frau fickten. Es war wie in Breaking the Waves.

Ich kam. Aber es war nicht gut. Es fühlte sich falsch an, unbefriedigend. Ich tat, als hätte ich von der Kamera nichts bemerkt. Hastig suchte ich meine Klamotten zusammen. Die Schöne hatte gegen meine Eile nichts einzuwenden. Sie zog die Decke über sich und lächelte mich an wie ein kleines Kind, das ein niedliche Dummheit begangen hat.

Der Traum vom fallenden Kind

Ich hatte einmal einen prophetischen Traum. Einen Alptraum um genauer zu sein. Da war eine glückliche kleine Familie, die durch einen wunderschönen Wald spazierte. Es musste Hochsommer sein, denn das Licht fiel in dicken, warmen Strahlen auf den Waldweg. Doch im Schatten der Bäume war es angenehm kühl. Die junge Frau trug ein gelbes Kleid mit Blümchenmuster und der Mann eine Stoffhose und ein kurzärmliges Hemd. Die beiden sahen fantastisch aus wie aus einem Katalog. Jung, gesund, schön und glücklich. Sie schoben einen Kinderwagen vor sich her und lächelten und plauderten. Die anderen Spaziergänger grüßten sie freundlich. Und eine ältere Dame sagte: „So eine schöne, junge Familie."

Der Vater hob das Kind aus dem Wagen, denn es quengelte ein wenig.

„Will mein großer Junge schon selber gehen?"

Und dann stapfte das Kind mit etwas ungelenken Schritten vor seinen Eltern her. Die folgten ihm langsam und lächelten und waren überglücklich über ihren gesunden, hübschen Jungen.

Alles war Eitelsonnenschein. Und keine Wolke trübte den blauen Himmel. Und das Gute und Gerechte und Schöne war so intensiv in dieser Szene anwesend, dass Schatten und Unglück nicht einmal mehr vorstellbar waren.

Das Böse war zur Unmöglichkeit verkommen.

Der Tod hatte seinen Stachel verloren.

Das Licht triumphierte.

Die kleine Familie war nun auf einer idyllischen Lichtung angelangt. Die Mutter breitete eine Decke über das grüne Gras. Man veranstaltete ein Picknick. Es gab Trauben und Eistee und Sandwiches. Und der kleine Junge bekam eine Banane in die Hand gedrückt. Jeden Bissen kommentierte er mit einem langgezogenen „Hmmmm."

„Es ist so ein schöner Tag, ich bin so glücklich," sagte die junge Mutter in ihrem gelben Kleid. Und sie schmiegte sich an den Arm des Mannes. Und der Mann lächelte vor sich hin.

„Ich hab dich lieb," sagte er.

„Ich wünschte, dieser Tag würde nie zu ende gehen," sagte die Frau.

„Ja," erwiderte der Mann. „Das wünschte ich auch. Es ist ein perfekter Tag."

Und er hatte recht. Der Tag war perfekt. Es war der perfekte Tag und sie waren eine perfekten Familie. Und wenn man sie ansah, diese glückliche Familie, dachte man, das verlorene Paradies war schon halb wiedergewonnen. Sie waren der lebende Beweis dafür, dass eine bessere Welt möglich war.

Die Eltern gaben sich einen Kuss und das Kind wanderte mit seiner Banane im Gras umher.

Und plötzlich fiel es hin.

„Ach, er ist hingefallen," sagte die Mutter.

„Warum schreit er denn nicht?" fragte der Vater.

Eine Ahnung ergriff die beiden. Sie sprangen auf und eilten zu ihrem Kind. Es lag leblos mit dem Gesicht im Gras. Der Vater hob es auf.

Da schrie die Mutter. Es war ein schriller und lauter Schrei, wie ihn Engel von sich geben, denen man die Flügel ausreißt, bevor man sie in den Abgrund stürzt. Das Gesicht des Kindes war voller Blut. Es sprudelte aus einer kleinen Wunde auf der Stirn. Und da war ein Stein, ein spitzer Stein, der sich im Gras versteckt hatte. Dort hatte er gelegen und geduldig gewartet. Viele Tausend Jahre lang. Gott selbst hatte den Stein dort hingelegt. Und der Stein war nun rot wie das Gesicht des Kindes. Und die Sonne spiegelte sich in dem feuchten Rot wider. Denn der Stein war wie ein Speer in den weichen Schädel des Kindes gedrungen. Und hatte dort gerade so viel Schaden angerichtet, dass der Junge mit seinen prallen Schenkeln davon sein kleines Leben verlor.

Und das war mein Traum. Ein wiederkehrender Traum. Und er enthielt in sich die Essenz meiner größten Angst: Ein Kind zu verlieren. (Ich selbst war ein verlorenes Kind.) Leider stellte sich heraus, dass es kein einfacher Traum war, sondern eine Prophezeiung. Denn Gott, der vor aller Zeit beschlossen hatte, Essau zu hassen und Jakob zu lieben, und der auch den Stein zu Kains Füßen gelegt hatte, mit dem er seinen Bruder erschlug, eben dieser Gott hatte es in seinem unergründliche Ratschluss so gefügt, dass sich meine Angst erfüllen sollte.

Aber das ist eine Geschichte, die besser vergessen werden sollte und daher ungeschrieben bleibt.

Kann man auch lesen oder eben nicht.

Barbarische Weisheiten oder: Wie man auf einem
untergehenden Schiff Spaß hat
Steinle, Roland 97837526272061

Locusta – Die Gesänge der Entstehung
Caracalla, Marcus 97837519368421

Caligula – Die Lehren von Fleisch und Blut
Caracalla, Marcus 97837481376271

Die elegante Hütte
Graf, Andreas N.; Graf, Sybille 97837528065191

Von der Hausgeburt bis zum Homeschooling
Graf, Andreas N.; Graf, Sibylle 97837460163511

Der Untergang des Westens
Steinle, Roland 97837448293351

Auswandern – Light!
Graf, Andreas N. 97837431902521

Überleben!
Steinle, Roland 97837431968341

Jakob
Gorion, Daniel 97837412668811

Pan und Syrinx
Caracalla, Marcus 97838448127632

Gebrauchte Häuser kaufen und für (fast) lau
herrichten
Graf, Andreas N. 9783739218908

Caligula – Geburt und Jugend eines Gottes
Caracalla, Marcus 9783738656398

Aussteigen Light!
Graf, Andreas N. 9783738653052

Labyrinth
Caracalla, Marcus 9783738614626